¿Qué pasó con Lumerso?
Javier Ángel

Finalista
VIII Concurso Internacional de Novela
Contacto Latino

PUKIYARI EDITORES
www.pukiyari.com

Dedico este libro a Jesús y Armando,
sin ellos esta narrativa no hubiera sido posible.

Índice

Ciudad de México, 2019

El sol refleja su luz frente a un muro. Paredes de color negro dividen espacios. Un cuarto vacío se encuentra en el primer piso. Al final de un pasillo oscuro, un baño sin agua. Una amarillenta cortina blanca lo separa del área del lavabo. Un hombre limpia sus nalgas con agua del escusado. Otros salen de un cuarto y entran a otro. El perezoso viento azota una lámina arriba del techo mientras un tronco la sostiene para que no vuele. Hoy no hay electricidad. Una balada de Juan Gabriel sale de la afónica bocina de un celular. Dos cuartos a la derecha, dos más a la izquierda. Gemidos. Una gotera de asquerosas aguas retintas moja el sofá negro. Con lentitud el humo de los cigarrillos engendra una neblina gruesa en el lugar. No se puede ver nada. Un hombre desnudo sale de una habitación y entra a la terraza. Otro pasillo conduce a tres espacios del tamaño de un armario, un segundo no conduce a ningún lugar. En el último piso se encuentran las recámaras con literas. Colchonetas de vinil apestan a viejo y a un sinfín de repulsivos olores. Gemidos se escapan de las habitaciones. Cuerpos ansiosos, cuerpos apáticos, cuerpos tensos, cuerpos escasos de deseos. Podría ser cualquier hora: el amanecer, el mediodía o el atardecer. Lumerso escucha el timbre de la puerta, sabe que alguien viene. Ya no encuentra dónde meterse. Todas las habitaciones están ocupadas. Odia la luz que entra por la terraza. No se atreve a acercarse. La luz se extiende cubriendo la media pared hasta desaparecer por el otro patio. Le gustaría tocar a alguno de ellos. Sentirlos de nuevo. Reencontrarse con ese calor de un cuerpo ajeno. Baja al sótano, algunas veces puede cerrar los ojos ahí. Una cruz de la época del virreinato cuelga en el lugar equivocado. El sótano ya está ocupado. Siempre lo está. De ahí provienen ruidos, cuerpos manoseándose, murmullos, suspiros. Alguien chilla o llora. ¿Huele a saliva o es semen? Tres o cuatro hombres están dentro. Lumerso no soporta ese hedor a húmedo, a sudor, a sucio. No tolera tener que olerlo todos los días. Tampoco sabe si esos olores son de humanos o de los tlacuaches que también habitan el lugar. Ayer vio un gato. Le hubiera gustado tenerlo de mascota. De niño tuvo un perro, pero ahora le daba igual si fuera un gato, iguana o cerdo, con tal de tenerlo cerca de él. Ese gato con ojos amarillos lo miró por un rato para luego correr y llegar al techo de la terraza. Lumerso sabe que no puede subir. Por días lo sintió caminando, pero jamás volvió a verlo.

Lumerso avanza por las escaleras hasta llegar al descanso que separa las dos casonas. Le gusta pensar que la casa es suya, que nadie más habita ese recinto. Techos altos, interminables bajadas, varias subidas conducen a laberintos sin salida. El lugar parece tener su propio zumbido. Algunas veces la escucha como si le hablara, como si tuviera historias que contarle. Se acuesta en el piso tratando de descifrar lo que dice. Imagina una familia de la época de Porfirio Díaz regresando a casa después de la Misa del Gallo. Niños corriendo y un novedoso árbol de Navidad a un lado de la puerta del comedor. Olores a guisos extraordinarios y un rico pan de elote recién horneado, acompañado de un chocolate caliente. Un patriarca asistiendo a sus hijos para abrir los regalos acompañado de una mujer tejiendo al lado de la chimenea. Eso lo hace sonreír.

Desde un orificio en el techo se asoma otro rayo de luz. Donde antes hubo una cocina, se encuentran dos sofás de cuero. Al fondo una puerta de alacena entreabierta. Dos trapeadores están a los costados de un hombre sentado sobre un banco. Tiene una mirada enrojecida. La misma que tienen todos al llegar. Las mejillas hinchadas y labios color rosa. Lo contempla. Tiene cabellos ensortijados. Lo aturde una desesperación, tal vez una tristeza. Piensa en lo dulce que sería tocarle el cabello con los dedos. Lumerso mira el pecho y ve cómo los vellos desean escabullirse por entre el algodón de la playera. Desea tocarlo, hacerle la plática. Decirle que está guapo, que no tiene necesidad de estar en ese lugar. El hombre se levanta agarrándose el pene ligeramente erecto. Camina hasta perderse en la oscuridad. Otro que acaba de llegar lo sigue. Lumerso ya sabe lo que viene. Le molesta. Lo ve todo el tiempo a cualquier hora. La luz de un celular alumbra los rostros. Piensa que quizás así lo haría una media luna. Se besan, se lamen, se huelen como perros. El velludo mama el miembro mientras el otro lo goza. Los dos disfrutan. Lumerso percibe cuando uno saca un condón. El otro suplica. Se escucha una sinfonía de gemidos.

Capítulo I

Parque Chapultepec, 2002

Cuando apenas terminaba la primaria, Lumerso iba a dar la vuelta en bicicleta por el Parque de Chapultepec antes de asistir al colegio. Le encantaba despertarse temprano e irse pedaleando hasta el parque o a darse un chapuzón en la alberca del club. Disfrutaba ver cómo los primeros rayos del sol se escondían entre las hojas hasta salir radiantemente sobre los árboles. Los rayos parecían jugar al escondite detrás de las nubes. Una vez le sorprendió ver cómo las nubes formaban penes de todos los tamaños: grandes, medianos y chicos. Eso le causó una erección. Debajo de sus *pants*, tocó el suyo. Colocó un poco de saliva, lo meneó varias veces hasta que un suave, claro, húmedo líquido le mojó la mano y el calzón. Un guardia que estaba rondando por la banqueta lo vio. Lumerso ignoró su mirada, pero no sin antes tocársela una vez más. Sintió orgullo al saber que pertenecía al grupo de los grandes. Esa mañana se acostó en el césped a contemplar las nubes, quería ver si también encontraba tetas de mujeres. No encontró ninguna.

Llegó feliz a casa. Comió unos chilaquiles servidos por Jimena y el resto se lo ofreció a Oliver, su perro, quien no dejaba de mirarlo. Terminó los detalles de un ensayo de inglés. Subió de regreso a la bicicleta. Parecía tener toda la energía del mundo. Esa mañana pensó en todo lo que le gustaría hacer de grande: actor de cine, un buen economista, un locutor de radio o hasta el nuevo presidente de México y terminar de una vez por todas con la corrupción del país. Antes de llegar a la escuela, Lumerso encontró a Edgar, su amigo de toda la infancia. Rodaron por la avenida Nuevo León hasta llegar al colegio. En el receso aprovechó para preguntarle a Edgar cuántas veces al día se la "chaqueteaba". Edgar con vergüenza respondió que su mamá le tenía prohibido hacer esas cosas porque le destrozaban las células en el cerebro; además, ya no encontraba cómo quitarles las manchas a las sábanas. A Lumerso le pareció divertido. Dijo que esos eran puros cuentos de la gente grande. Propuso que un día deberían masturbarse como cuando eran más chicos y luego hacer unos difíciles ejercicios de matemáticas para comprobar que seguían tan inteligentes como antes. Le contó lo que había hecho en el parque.

—Deberíamos dar la vuelta juntos el viernes, así aprovechamos de masturbarnos para ver a quién le ha crecido más —propuso Lumerso.

Edgar pensó que era una locura, que los meterían presos por exhibicionistas o enfermos sexuales. Lumerso respondió que a esa hora no había nadie en el parque, solamente un policía, que daba rondas de vez en cuando, pero que no alcanzaba a distinguir lo que estaban haciendo. Él siempre se la jalaba y nadie nunca lo veía.

El viernes encadenaron las bicicletas en la entrada del Parque de Chapultepec. Fueron a correr. Después de pasar por la estatua a Don Quijote se acercaron detrás de los bambús a un costado del riachuelo. Edgar estaba boquiabierto con la propuesta de Lumerso. No tenía vergüenza. Si los cachaban, terminarían en el bote. El policía acababa de pasar, ya no regresaría por un rato. Uno que otro corredor matutino pasaba, pero sin fijarse en lo que ellos comenzaban a hacer. Edgar vio el pene de Lumerso y sacó el suyo para medirlos.

—No manches, cabrón, si está mucho más grande que el mío —recalcó Edgar.

Edgar cerró los ojos. Se forzó a pensar en los senos que le comenzaban a salir a Claudia, la niña güera que había venido de Durango. Lumerso aprovechó para comenzar a chupársela. Edgar no dijo nada. Más bien siguió pensando en Claudia, en cómo tendría el huequito en medio de las nalguitas. Seguro ya tenía vellos al igual que él. La besó por todos lados hasta meterle el "pipí". Lumerso siguió chupando hasta que Edgar y él se vinieron al mismo tiempo. Una vez lo hicieron en casa de Lumerso, pero no pasó nada. Ninguno de los dos quiso hablar. En silencio caminaron hasta llegar al lugar donde estaban sus bicicletas, las desencadenaron y partieron sin decirse nada.

El siguiente lunes, Edgar no lo esperó fuera de su casa. Lumerso tocó el timbre, pero nadie contestó. Continuó en la bicicleta. Le sorprendió verlo al lado de

Claudia. Edgar no quiso mirarlo. Entraron a clase sin cruzar palabra. Lumerso sintió como si hubiera perdido la amistad de su mejor amigo. El martes ocurrió lo mismo. Edgar no lo esperó. Lumerso se acercó a su casa sin avisarle. Tenían unos problemas de matemáticas y física que resolver. Decidió verlo. Esta vez, Edgar le dijo que trabajarían en la mesa del comedor. Platicaron sobre las diferentes soluciones a los problemas de física hasta llegar la medianoche. Edgar dijo que era mejor dejarlo hasta ahí y que probablemente ya tenían los resultados.

—¿Somos amigos? —preguntó finalmente Lumerso antes de irse.

A Edgar le tomó unos segundos responder. Finalmente, en un tono poco delicado le dijo que ya no volviera a chuparle el pito, que a él no le gustaban esas pendejadas, que se la mamara a otro cabrón. Magdalena, la madre de Edgar, no dormía hasta que su hijo lo hiciera. Dejaba la puerta entreabierta para escuchar las pláticas. Ese día no pudo creer lo que escuchó.

—Está bien —dijo Lumerso enojado.

—Siempre estás caliente, güey —continuó Edgar en otro tono.

A la mañana siguiente, Edgar fue solo a la escuela. Lumerso tampoco quiso pasar por él. Aunque se veían, no se hablaban. Edgar siguió asistiendo al colegio, hasta que un día su madre fue por él. Pasaron dos semanas, pero Lumerso no volvió a ver a Edgar. Después de clase decidió pasar por su casa. Magdalena no lo quiso dejar entrar. Con la puerta a medias, únicamente le comentó que se ganó una beca para estudiar en la Ciudad de Washington y que no regresaría por un tiempo. Lumerso no preguntó nada más. Pedaleó en su bicicleta hasta llegar al Parque México. Ahí se sentó en una banqueta recordando todo lo que hicieron juntos. Sintió arrepentimiento por pedirle aquel día para que fueran a Chapultepec. Lumerso lloró como un chiquillo hasta que una ardilla le interrumpió el llanto. El animal esperó algo de comer; como no obtuvo respuesta, subió de regreso al árbol.

—Si hubiera tenido algo que darte no te hubieras largado, ¿verdad? —gritó Lumerso agitado de la rabia.

Dos mujeres que barrían lo miraron y lo tacharon de loco. Llegó a casa a escribir la última entrada sobre Edgar en su diario.

Capítulo II

Acapulco, 2007

Algunas veces Lumerso recuerda el viaje a Acapulco. Aquel día la marea lo arrastró hasta el fondo dejándolo casi sin vida. Cuando despertó, dos hombres le apretujaban el pecho. Una mujer le colocó la boca en los labios para salvarle la vida. Lumerso sintió miedo. Se preguntó si aún tendría la credencial en el bolsillo o el dinero que le dio Garzo. La mujer lo contempló por un momento. Le apretó el pecho junto con las mejillas hasta que Lumerso soltó un chorro de agua por la boca. Le incomodó. Quiso dar las gracias, pero sintió vergüenza y salió corriendo.

A Garzo lo conoció detrás de unas rocas en la playa gay de Acapulco. Nunca había viajado solo. Disfrutaba hacer lo que él quisiera y no lo que los demás propusieran. Lumerso subió a las rocas a broncearse. Varios hombres estaban desnudos. Cerca del mar, un gringo le hacía sexo oral a un moreno acapulqueño. Lumerso quiso encuerarse también, no tenía nada que esconder. Removió rápidamente el traje de baño para luego acostarse boca abajo. Las nalgas eran lo único blancuzco de aquel cuerpo joven y apiñonado. Los transeúntes que pasaban le hacían la plática. Lumerso solamente sonreía decentemente, pero sin responder. Garzo fue la excepción. Lo espió varias veces hasta ofrecerle una toalla. Lumerso asintió con la cabeza. Luego se levantó cubriéndose sus partes, mientras Garzo colocó la toalla sobre la roca. Preguntó genuinamente si necesitaba bloqueador o quizás un masaje. Lumerso respondió con una sonrisa pícara. Estaba de buen humor, había consumido unas pescadillas y dos piñas coladas de las grandotas. No estaba acostumbrado a tomar, el ron lo relajó. Garzo comenzó a colocarle aceite de coco en la espalda, dejando que los dedos se deslizaran hasta rozarle el ano. Lumerso respondió inclinándose un poco más. Aunque, después de lo de Cuernavaca, prefería ser el activo en la cama. Disfrutó el roce de los dedos sobre su piel. Garzo frotó la espalda y luego bajó a las nalgas, avanzando hasta tocar los testículos. Tomó un poco de aire antes de ahogar la lengua entre los glúteos. Lumerso abrió un poco más las piernas. Sintió la saliva de Garzo dentro de él. Un atardecer comenzaba a esconderse detrás de las montañas. Colores naranjas de distintos matices deslumbraban la bahía. Dos mirones se acercaron queriendo participar. Garzo los apartó sin diplomacia alguna. Lumerso quiso ver de cerca al hombre que lo saboreaba. Se quitó las gafas y lo miró. Un pene medio erecto sorprendió a Garzo. Entonces lo manoseó hasta conseguir una completa erección.

—Nunca pensé… —comentó Garzo.

—¿Qué fuera tan grande? —interrumpió Lumerso.

Garzo soltó una carcajada para luego besarlo en los labios. Notaron que tenían nuevos espectadores. Esta vez no les importó. Garzo comenzó a chupársela. La saboreó como un helado de chocolate. Lumerso le bajó la cabeza hasta balbucear sin antes pensar en sus palabras:

—¡Esto te va a costar!

Lumerso se arrepintió inmediatamente de lo que acababa de decir. No tenía dinero ni tampoco sabía dónde dormiría esa noche, pero no era como para empezar a cobrarle a desconocidos en la playa. Garzo sacó un billete de quinientos pesos. Lo colocó sobre la pierna de Lumerso. Garzo siguió mamando hasta que Lumerso no pudo más. Derramó lo que con tanta devoción tenía guardado.

Al día siguiente una grata sonrisa cubría el rostro de los dos. Garzo preparó unos molletes para desayunar, jugo de naranja y café. Las cortinas ocultaban un amanecer queriendo despertar.

—Nunca me dijiste qué haces aquí —preguntó Lumerso bostezando.

—Una conferencia de médicos —replicó Garzo desde la cocina.

Lumerso pensó que se había sacado la lotería con este hombre, que además de pagarle por el placer le daría hospedaje y comidas. Ya no tendría que preocuparse por regresar a casa. Después de todo, su padre lo detestaba y él tendría que hacer una nueva vida. Todo lo que tenía que hacer era aprender a amar a Garzo. Aunque le gustaba, pensó que además ambos podían beneficiarse de la relación. Al rato ya no quiso pensar más al respecto.

—Te dejo mil pesos para comprar algo de despensa y el resto para ti —gritó Garzo antes de abrir la puerta.

Con pasos entorpecidos, Lumerso corrió desde la recámara antes de preguntar:

—¿No me vas a despedir con un beso?

—No te robes nada. No es mío el "depa"— comentó Garzo cambiando el tono.

Al cerrar la puerta, Lumerso pensó que quizás encontró el "famoso" amor. Era como las historias de la abuela Victoria: que los cortos pasos de la vida lo llevaron hasta ahí. Lo ocurrido en Cuernavaca estaba en el pasado. No marcaría la desgracia el resto de su vida. Saboreó de nuevo el olor de Garzo en sus dedos, sus labios y hasta en la esencia que le dejó en su miembro. Se sintió un hombre diferente y no como el escuincle que fue forzado a abandonar su hogar. Tomó el manojo de llaves que Garzo dejó en la cocina. Regresó a la playa donde un día antes lo conoció. Vibraba de felicidad. Pidió a la mesera unos camarones al ajillo y una cubeta de chelas. Recostó su cuerpo sobre un camastro. No quería platicar con nadie. Luego, decidió rentar una motoneta de agua e irse a pasear. Al poco rato de usarla le aburrió. Caminó hacia las piedras. Esta vez no se acostó. Recordó lo que Garzo y él habían hecho el día anterior. Le excitó saber que en la noche sentiría sus nalgas rozándole el pene para luego penetrarlo. Quiso nadar a la roca donde los pescadores guardaban los mejillones durante el sereno. Era víspera de luna llena. La marea comenzaba a agitarse. No le importó. Una fuerte ola lo regresó a la orilla. Le bajó las bermudas. No llevaba calzón. Terminó la última cerveza. Aguantó la respiración para sumergirse de nuevo; pero, esta vez, una segunda ola lo llevó al fondo, dándole un golpe en la frente. Perdió el conocimiento. La mesera y dos turistas lo sacaron del agua. Esa noche Lumerso no quiso regresar con Garzo. El haber estado tan cerca de la muerte, le hizo cambiar de parecer. Recordó lo lejos que estaban sus padres y su hermana Julieta. Lo peor, pensó, sería morir ahí, sin nadie que lo quisiera a su lado. No podía terminar su vida en una playa lejos de su hogar, lejos de sus compañeros de la escuela. Tomó el camión de regreso a la Ciudad de México. Llegó a casa después de la medianoche. Esta vez nadie preguntó nada.

"Recuerda la bahía, la inmensidad de aquel mar. Recuerda el sabor de los mariscos, las chelas, los besos de aquel hombre. Escribe tus planes, como decía la abuela Victoria, ya luego Dios se encargará de borrarlos". Luego de pensarlo, Lumerso recostó su cabeza y se quedó dormido.

Capítulo III

Colonia Escandón, 2019

Cerca de él un hombre llora, o tal vez goza, parece haber encontrado lo que buscaba. Lumerso ya no distingue entre el placer y el dolor. El timbre de la puerta vuelve a escucharse. Algunos esperan como zopilotes la nueva carnada. Dos hombres platican apoyándose en uno de los barandales. Un fuerte olor a marihuana invade el lugar. A la distancia se escuchan susurros, risas y cuchicheos. A uno lo llevan entre seis manoseándolo, lo arrastran al sótano. Tiene los ojos vendados. Es joven, quizás un par de años menor que Lumerso. En el camino lo despojan de la ropa. Lo dejan con un calzón que le cubre solamente el pene. Es de nalgas prietas. Un hombre de camisa azul y barba lleva un celular, está grabando. Otro se enoja. Le grita que si sigue grabando le partirá la madre. El de la camisa azul no lo apaga, pero lo guarda en el bolsillo. Otros espectadores los siguen. Son los que miran, pero no participan. Se convierten en testigos de lo que ocurre allí; sin embargo, nadie nunca dice nada. Nadie debe saber lo que pasa en el sótano. Hombres casados, hombres de negocios, hombres empresarios que remueven sus falsas máscaras para mostrar sus verdaderas identidades. Los chantajes son poco comunes. Nadie realmente llega a conocer a nadie. Hombres que no mencionan lo que hacen a la hora de la comida o antes de regresar a casa. Al encontrarse a alguien conocido, esquivan miradas. Se conocen, pero no quisieran conocerse. Solamente ellos saben que estuvieron allí.

Cuelgan al muchacho entre cuatro barras boca arriba. Una mano se suelta, otro hombre la ata inmediatamente. Le desgarran el calzón. El muchacho parece disfrutarlo. Saborea lo que ahora chupa. Lame furiosamente. Huele un líquido. Lo obligan a hacerlo. Le quitan el vendaje. Unos ojos claros voltean al frente. Vuelve a inhalar. Sin lubricarlo, un moreno lo penetra. No lleva condón. El chico grita. Gime. Todos se excitan. Todos vocalizan el sonido de una película porno. Se tocan. Quieren ser él, el que penetra, el que mama o a quien cogen. Necesitan que alguien también los chupe. Mientras el moreno lo penetra, otro se le sube encima y empuja su órgano. Un grito rebota por todos lados. Los gemidos se multiplican. Otro más sube la pierna al cuello. Ahora son tres. El tercero lo ahoga con sus genitales. Lo calla. Lo obliga a comerle el pito. El joven chupa frenéticamente hasta morderlo. Ya no aguanta más. El hombre le golpea la cara. Otro responde azotándole una patada por la espalda. Los otros dos continúan moviendo sus penes dentro de él.

La cara se adormece. El forcejeo se hace cada vez más salvaje. Algunos de los hombres salen del sótano. Otros más bajan con los penes lubricados. Unos se forman detrás de cuatro más que desean penetrarlo. El joven que cuelga parece gozar de nuevo. Lo han drogado. Ya no siente. Los nuevos lo penetran mientras se comen las lenguas entre ellos. El muchacho ya no siente o disfruta. Cierra los ojos. Lumerso observa al joven perder el conocimiento. Espera. Se acerca a él, lo mira a los ojos, pero ve que aún sigue ahí, en espera.

Capítulo IV

Colonia Juárez, 2010

Esa noche Lumerso salió con Erick. En el bolsillo llevaba las pastillas que le recetaron a su madre para la depresión; más dos azules que compró en la Farmacia del Descuento. Las utilizaba ahora con más frecuencia. Antes de irse le dijo a Julieta que al día siguiente irían de paseo por La Marquesa, a comer la sopa de médula que tanto les gustaba.

Erick ya no era novio de Lumerso, rompieron después de cuatro meses de relación; sin embargo, continuaron siendo amigos. Seguían yendo a bailar o a tomar la copa los sábados. Lumerso comentaba que no le gustaban las drogas, que solamente lo hacía para complacer a Erick. Ninguno de los dos terminó la carrera. Erick tenía una chamba de medio tiempo como taxista. Lumerso trabajaba a destajo respondiendo llamadas en un centro de atención a clientes. Las semanas eran pesadas, fastidiosas; y las entradas pocas. Erick consiguió vender cocaína o cualquier tipo de drogas en antros de la Zona Rosa. Le insistió a Lumerso que también podría hacerlo; él tenía necesidad, pero repetía que se ganaría la vida en algo que no lo fuera a arruinar a su corta edad. Erick probaba todas las drogas antes de venderlas. Algunas veces lo encontraban encerrado en algún baño privado cubierto en su propio vómito. Lumerso, después de unas cuantas copas y pastillas, se escapaba a vender su cuerpo en la calle de Hamburgo. Era lo mejor que aprendió a hacer, aparte que se sentía afortunado con el pene que heredó de su padre. Mantenía varios perfiles en *Manhunt* y *Craigslist*, entre algunas páginas de la red. Se relacionaba con muchos que pronto se convirtieron en clientes fijos, como él mismo decía. Hombres de todos los niveles socioeconómicos de la Ciudad de México. A él llegaban políticos, arquitectos, médicos y actores que devastarían el corazoncito de muchas seguidoras de telenovelas si los vieran en sus posiciones preferidas en la cama. Algunos pasaron al nivel de amigos, otros solamente lo utilizaban por el placer de tener a alguien con quien platicar, ir al cine o disfrutar la compañía de otra persona.

Cuando Lumerso buscó enloquecido a Erick por el antro y no lo encontró, decidió marcharse. No era la primera vez que se lo hacía; además, habían quedado que esa noche regresarían a casa temprano. Del coraje, Lumerso decidió tomarse el resto de las pastillas. La cabeza le comenzó a dar vueltas. Un fuerte dolor en el cuello lo atormentaba. Las pastillas azules comenzaban a hacerle efecto. Quería coger. Salió del antro. Caminó hasta llegar a la esquina de las calles de Hamburgo y

Valladolid. Ahí estuvo parado por diez minutos antes de que un Jetta se estacionara a su lado. Lumerso estaba incoherente. Entre el alcohol y las pastillas no lograba articular nada. Agarró el pene y lo mostró como la única mercancía que podía vender. El hombre de gafas y cara alargada le hizo varias preguntas antes de que Lumerso subiera al auto. Tres billetes de cien fue el acuerdo entre los dos. Lumerso cerró los ojos, quería dormir. El hombre dijo que estaba ahí para trabajar; que si deseaba dormir, mejor lo dejaba donde lo encontró. Lumerso no respondió, pero abrió los ojos y los mantuvo abiertos. Luego de conducir por diez minutos, llegaron a un hotel cerca del Circuito Interior. El hombre trató de sacar a Lumerso del auto, pero él ya se había quedado dormido. La recepcionista del hotel salió al baño luego de que el hombre le pagó por la habitación. No los vio entrar. El hombre se colocó el brazo de Lumerso en la espalda hasta arrastrarlo al cuarto y tirarlo en la cama. Lo desnudó. Lo acostó boca arriba. El pene de Lumerso era lo único que seguía despierto. El hombre lo saboreó de todas formas, lo lamió, lo penetró sin preservativo. Gozó del pene de Lumerso hasta venirse. Luego el hombre se marchó sin dejarle un peso.

Dos horas más tarde, Lumerso despertó. El dolor de cabeza estaba mejor. Le dolía el cuerpo. Sintió ganas de ir al baño. Notó que el hombre lo había penetrado, mordido por el cuello y la espalda. En el espejo contempló cuatro moretones en la nuca.

¡Chinga su madre! ¡Cómo no me desperté!, pensó.

Un fuerte golpe en la puerta terminó por despertarlo.

—Ya son pasadas las tres horas —gritó una voz de hombre poco amigable.

Lumerso respondió que ya saldría. Recordó que no llevaba dinero. Eran pasadas las seis de la mañana.

Caminó por unos cuarenta minutos hasta llegar a La Romita. Julieta ya estaba despierta.

—¿No iremos a ningún lado? —preguntó ella.

—Me quedé sin un peso —respondió Lumerso acostándose en el sofá.

Durmió hasta la medianoche, cuando Julieta lo despertó para que fuera a la cama. Lumerso la vio con ojos de búho. La abrazó dándole un largo beso en la mejilla. Julieta no respondió.

Capítulo V

Jalisco, 2015

Gabriel se convirtió en otro de los tantos amores de Lumerso. Era alto, de cabello canoso, casado y con cinco hijos. Lumerso seguía siendo, después de todo, un joven guapo a pesar de las desveladas, el alcohol y el mediocre estilo de vida. Gracias a la natación había conseguido una buena espalda, pectorales, piernas gruesas y glúteos redondos. La cara era lo de menos, pero lo que llevaba entre las piernas compensaba la nariz poco perfilada y los ojos asustados que lo caracterizaban. Su sonrisa derretía a cualquiera. Lo adoraban en las tiendas, restaurantes, antros o cualquier lugar donde exhibiera la dentadura. Aunque aparentaba lo contrario, en el fondo era tan humilde como su madre y noble como su padre.

Gabriel era dueño de una de las grandes textileras del país, además de uno de los ranchos más productivos de ganado en el estado de Jalisco. Lumerso tuvo la oportunidad de visitarlo en varias ocasiones. Para tenerlo cerca, Gabriel lo había presentado ante su familia como un candidato a una de las plazas vacantes en la empresa. Laura, su esposa, observaba minuciosamente cada movimiento de ambos. No se tragaba el cuento que Gabriel repetía de memoria. Laura usaba a Paco, su hijo menor, para averiguar qué ocurría por debajo de la mesa. Quería saber si jugaban al puntapié o se tocaban indecentemente. Paquito nunca vio nada. Laura ya estaba harta de las mariconerías de su marido y que este le viera la cara de pendeja. Gabriel sabía que ella lo espiaba, por lo que jugaba bien sus cartas. Cuidaba cada movimiento que él y Lumerso hicieran. Laura le reprochaba en privado que cómo se atrevía a restregarle amantes en la cara; además, frente a sus hijos. Gabriel callaba. El silencio enfurecía aún más a Laura. Era un matrimonio controlado por los padres de Gabriel; incluso el haber tenido cinco hijos fue idea de ellos. Ese domingo, después de terminar de comer, todos se sentaron a ver una película en la sala de juegos. Los niños se aglomeraron en el piso. Gabriel tomó el sillón y Laura el sofá junto a Lumerso. Cuando la película tenía unos diez minutos de empezada Gabriel dijo que algo le cayó mal, que mejor se iría a recostar un rato. Media hora más tarde, Lumerso comentó que ya había visto la película y mejor iría a caminar un rato. Salió sigilosamente por la puerta trasera. Un pequeño perro silencioso lo acompañó. Los niños y Laura quedaron solos frente al televisor. Laura quiso ver cómo seguía su marido. Justo antes de llegar a la recámara, escuchó los gemidos de Gabriel, los mismos que hacía cuando estaban juntos. Trató de abrir la puerta, pero estaba cerrada. Iracunda, Laura tocó varias veces hasta que Gabriel abrió. Al entrar, una corriente de viento agitó las cortinas. Vio cómo la espalda de Lumerso se desaparecía entre los jardines. Esta vez el perro ladró.

—¡Hijo de tu puta madre! —gritó Laura desde la ventana.

Gabriel no respondió. Terminó de vestirse. Salió por la misma ventana que Lumerso. Laura miró aquella cama con toda la aversión del mundo. Estaba harta de su falso matrimonio. ¿Cómo pudo casarse con alguien a quien nunca amó? La única venganza era arruinarlo, quitarle todo en el divorcio. Una semana más tarde comenzaron los trámites.

Gabriel encontró a Lumerso escondido detrás de la contrapuerta del rancho. El capataz comenzaba a arriar el ganado sin abandonar la burlona mueca en su rostro. Gabriel le entregó una camisa a Lumerso; además, un par de billetes de quinientos pesos. Dijo que lo esperara, que iría por la camioneta, así tomaría el camión de las ocho. En el fondo a Lumerso le molestaba todo acerca de Gabriel; sobre todo, lo autoritario que era. Odiaba que lo tratara como a Laura. Respondió que no. Lumerso tampoco llevaba zapatos. Las botas de Gabriel le quedaron grandes, pero así se las puso. Comenzó a caminar. Una carretera de piedra lo llevaría hasta el pueblo.

—Nos vemos el próximo viernes —dijo Gabriel tratando de besarlo. Lumerso lo evadió. Sabía que era la última vez que lo vería. Siguió caminando con la camisa en la mano. La corta relación con Gabriel no fue mala; sin embargo, su vida personal era una fuente de conflictos. Él tampoco podía resolver sus problemas.

Pensó en lo mucho que hicieron juntos, pero tener que escucharlo una vez más hablar de sus hijos, era suficiente para dejarlo ir. Gabriel quiso ver su sonrisa una vez más. Lumerso no volteó. Se colocó la camisa en el hombro. Media hora le demoró caminar los dos kilómetros de carretera hasta llegar a la estación. El camión partió a las ocho de la noche.

Capítulo VI

Volcán Popocatépetl, 2003

Lumerso veía en cada aventura el amor de su vida. Se entregaba completamente a cada hombre. Todos aprovechaban esa bondad para exprimirle cada gota de amor. Cada amante era una experiencia única, un amor genuino. Con esto, la lista de clientes se multiplicaba; sin embargo, vivía confuso y perdido, sin saber su propia identidad. No lograba comprender por qué no había podido hacer otra cosa con su vida. El sexo se había convertido en su medicina, su alimento, su pasatiempo, su trabajo diario. No recordaba cómo fue que comenzó a vivir así. No podía precisar si fue después de la muerte de su padre o la partida de su mejor amigo, Edgar; o quizás fue aquella vez que realizó el primer viaje de Boy Scouts. Tendría apenas trece años; aún no alcanzaba su masculinidad, como decía su padre. Un día, Lumerso y su padre fueron al mercado a comprar la despensa para la excursión de fin de curso. Antonio el capitán de equipo, era un güero de Los Cabos, de ojos claros y cabello manchado. Usaba mezclillas rotas por todos lados. Durante las clases Lumerso, con una mirada inquieta, curioseaba el bulto que se asomaba por uno de los agujeros, a un lado de la braqueta. Antonio lo sabía y no disimulaba manosearse su pene.

Al terminar la compra, Lumerso terminó con una nevera llena de carne molida, arroz, salchichas, café, quesos y espagueti. Ignacio, su padre, lo llevó a casa de Antonio. Quería dejar la cava para no tener que cargarla al día siguiente. Antonio había salido a ejercitarse; así lo expresó el joven que recibió la despensa antes de cerrar la puerta.

A las cinco y media de la mañana llegó Antonio. Lumerso corrió, terminó de empacar la mochila y se subió en la tolva de la todoterreno. Un aire frío le acariciaba la cara. Un chico que no conocía estaba sentado junto a Antonio. Lumerso los miraba a través del vidrio. Antonio le hablaba tocándole de vez en cuando la cabeza. Lumerso no sabía lo que sentía, pero le molestaba.

Al llegar al estacionamiento donde encontrarían a los otros chicos, Lumerso sintió ganas de vomitar. Le dijo a Antonio que no iría, que lo regresara a casa. Este lo llevó detrás de la todoterreno. Le tocó la mejilla rogándole que fuera, que tendría una sorpresa para él. Le tomó la mano, la enlazó con la suya. El corazón de Lumerso parecía llegarle a la garganta; nunca pensó tener a Antonio tocándolo de esa manera tan provocativa. Lumerso sintió como si toda la sangre se le subiera a la cabeza. Antonio aprovechó para tocarle el labio inferior que Lumerso comenzó a morder. Lo besó. El haber trabajado con niños por tantos años le daba la certeza de saber cuando alguno era gay. Nunca se equivocó. Antonio tenía un cuerpo fornido y una personalidad dócil. Llevaba varios años en la delegación como encargado del grupo juvenil de Boy Scouts. En todo ese tiempo ninguno de los chicos *scout* se quejó de él; tampoco ningún rumor llegó hasta los oídos de los padres.

—¿Vienes entonces? —preguntó Antonio.

Lumerso le afirmo que iría.

Caminaron por las faldas del Popocatépetl, donde acamparían por un par de días. La nevera estaba pesada. Era una tortura para Lumerso tener que arrastrarla. Siempre era el último en llegar. Antonio, quien iba al frente de la fila, regresó por él. Tomó la hielera y se la colocó en el hombro. Lumerso sonrió. El mismo chico que estaba sentado junto Antonio lo miró con celos.

Al llegar, desempacaron las mochilas y armaron las carpas. Cada quien era responsable de algún tipo de trabajo. A Lumerso le tocó cocinar los espaguetis con la carne molida que él mismo había llevado; colocó todo en una olla de agua fría y la subió al fuego. Viendo lo ocurrido, Antonio corrió de nuevo al rescate.

Antes de que el sol se ocultara, prendieron otras fogatas. El grupo de ocho tenía que distribuirse en cuatro carpas. Antonio no quiso compartir la suya con nadie más; le dijo a Lumerso que dormirían juntos para protegerlo de los chicos que comenzaban a molestarlo. Lumerso asintió y movió su *sleeping bag* a la carpa de Antonio. Un cielo oscuro se iluminaba con las estrellas y una luna menguando. Esa noche tomaron chocolate, jugaron al borracho y contaron historias de terror. Ya pasadas las nueve se habían dividido. La carpa de Antonio quedó en el medio. Las estrellas seguían formando un espectáculo de luces. La noche estaba helada. Uno que otro insecto nocturno chiflaba. La luna se escondió detrás del volcán; el fuego dejó de chispear. Antonio fue por más leña, se quedó un rato afuera disfrutando un café. El frío era cada vez más intenso; era casi inhumano permanecer ahí. Colocó el resto de la leña en las fogatas para luego correr a la carpa. Lumerso dormía plácidamente. Tenía las mejillas color rosa y una leve sonrisa se dibujaba en su rostro. El frío no le molestaba. Llevaba toda la ropa puesta, más dos chamarras de invierno, además de las dos gorras de lana que le regaló la abuela Victoria.

Antonio le tocó las mejillas y se acercó a él. Le preguntó si estaba vivo. Lumerso lo escuchó, pero no respondió. Luego sintió la luz. La linterna iluminaba el rostro de Antonio, su Antonio. Esperó a que él lo besara como lo hizo esa mañana, pero Antonio no buscó sus labios temblorosos. Fastidiado le dijo que regresara a sus sueños, que mañana sería un día de muchas actividades. Desconcertado, Lumerso volteó la cara. A los pocos segundos Antonio comentó que se moría del frío, que deberían dormir en la misma bolsa. Lumerso aceptó. Antonio abrazó el cuerpecito de Lumerso hasta que ambos quedaron dormidos.

A la mañana siguiente nadie quiso levantarse. Las temperaturas, a pesar de estar en pleno verano, habían bajado a menos cero; el frío estaba como de tundra rusa. Lumerso también dormía. Antonio lo besó en los labios metiéndole progresivamente la lengua.

Lumerso sintió asco. Pensó en su aliento sucio y en lo mal que sabía Antonio. Él le quitó las chamarras hasta llegar velozmente a las nalgas. Luego lo lamió como un gato hasta llegar al pene. Lumerso sintió una boca húmeda, tibia, por primera vez en su órgano. Era como si un placer benevolente se hubiera apoderado de él. No podía creer que tanto placer existiera. No quería que él parara, pero Antonio continuó hasta que un chorro de semen cristalino salió de Lumerso. Lo volvió a besar. Esta vez, Lumerso sintió un sabor que no le desagradó.

—Esta noche haremos otra cosa —expresó Antonio.

A media mañana, después de haber desayunado, fueron en busca de piedras volcánicas, insectos locales y exploraciones a doscientos metros a la redonda. Antonio y Lumerso caminaron hasta donde llegaba uno de los ríos del volcán. Un estero de agua cristalina estaba cubierto con acículas de pino. Helechos verdes rodeaban el manantial. Se acomodaron debajo de los árboles, contemplaron el Popocatépetl. El agua seguía bajando perezosamente hasta esconderse en el charco.

—¿Ya somos novios? —preguntó Lumerso con la voz que comenzaba a cambiarle.

Antonio comprendió que esa no era su única pregunta. Cambió de tema retándole a meterse al agua.

—Estás loco, pero si está congelada —replicó Lumerso.

Antonio comenzó a desvestirse. Lumerso no pudo ver en qué momento ya estaba en el agua. Segundos más tarde, Lumerso lo acompañó. Ambos se congelaban. Antonio abrazó el cuerpo delicado de Lumerso. Lo apretó hasta besarlo con pasión.

—Lo que pase entre tú y yo, nadie deber saberlo —dijo finalmente Antonio tiritando del frío.

Los dientes les temblaban. Una corriente de aire los sacó del agua. Antonio cargó en los brazos a Lumerso. Era la hora de la comida. Todos se quedaron viendo a los dos pollos mojados que acababan de llegar. Antonio prendió una fogata e improvisó una comida. Esa noche, uno de los chicos se enfermó de un fuerte dolor de muela y tuvieron que abandonar el campamento. La casa de Lumerso fue la última parada que hizo Antonio.

—Lo que pasó no puede volver a ocurrir —recalcó Antonio.

Una mirada de tristeza arruinaba los recuerdos de Lumerso. Se bajó de la todoterreno dejando la puerta abierta.

—¡La puerta! —gritó Antonio enojado.

Lumerso continuó caminando sin voltear. Antonio no lo volvió a ver hasta tres meses después, cuando fue a despedirse antes de regresar a Los Cabos. Lumerso parecía haber crecido. Llevaba un uniforme de pantalones kakis y una playera color blanco. Tenía unas cuantas espinillas en la frente, pero eso no lo cambiaba. A la todoterreno no le cabía una caja más. Lumerso no podía creer que fuera a cruzar todo el país en esa carcacha.

—Ya te dije que la voy a subir en el *ferry* de Mazatlán —respondió Antonio.

Lumerso tenía en sus manos una caja con dos conchas de caracoles. Las compró con la abuela Victoria en el mercado de la Lagunilla. Antonio tomó el regalo. Lo colocó en la guantera. Ambos se vieron por un largo rato sin decirse nada. Antonio le tocó sutilmente el brazo con el dedo meñique.

—Tengo que irme —declaró Lumerso.

—Yo también —respondió Antonio.

La todoterreno de color gris rodó hasta girar a la izquierda en la avenida México, para luego perderse por la avenida de los Insurgentes. Antonio deseó que Lumerso no se lo contara a nadie.

Capítulo VII

Colonia Escandón, 2019

Lumerso está recostado en una vieja silla al lado de un clóset. Un fuerte olor a gases impregna el lugar. Un televisor encendido muestra una insípida película porno. Unos pasos agresivos golpean la escalera de metal. Ya terminó la noche. Wilfredo, el limpiador, barre con desgano los cuartos, mientras escucha música de banda en una radio portátil. Wilfredo odia su trabajo; recoger condones llenos de caca todos los días no es la mejor chamba del mundo. La gritona que vende colchones aún no pasa, pero le pareció escuchar al hombre de los tamales. ¡Cómo los odiaba la abuela Victoria! Eso era una de las peores cosas en la Ciudad de México. Aparte de la extrema contaminación ambiental, crímenes, narcotraficantes y bocinazos por donde fueras, ahora le permitían a cualquiera poner un pinche parlante que contaminaba aún más los oídos. A

Lumerso no le molesta tanto como antes. Ahora le sirve para identificar las horas del día. Algunas veces cuenta que pasan de cinco a seis veces; otras, hasta diez. A ella, la colchonera, la imaginaba como una niña obesa, de piel color canela, gritándole a un micrófono tal como le había dicho su padre; asustada, pero sin el mayor talento. Hoy en día será una mujer casada, con cuatro hijos, encerrada en casa, cocinando y haciendo el quehacer. Al tamalero lo figura como un chico despierto, audaz, quizás travieso. Una persona que buscó fama inmediata y la encontró. Se pregunta por qué no pudo él conseguir esa fama, ese amor, todo aquello que añoraba en la vida. La vida había sido injusta con él; las oportunidades nunca aparecieron; y si se presentaron, él no logró verlas. Él sigue ahí, en el mismo lugar, contemplando las desigualdades sociales y el amor carnal. Es quizás un castigo divino el ver todos los días lo que una vez deseó. Lumerso quiere llorar. Siente pena, dolor, desesperanza. No sabe dónde le duele o de dónde vienen los pensamientos, los recuerdos. Ahuyenta las lágrimas. Recuerda las palabras de la abuela, las de su mamá, las de su padre. Extraña la comodidad de su hogar en la Condesa, su cama, los berrinches con su hermana. Ya no puede cambiar nada, solamente puede recordar. Piensa en la relación que le hubiera gustado tener con Edgar. Amores, tantos amores a quienes entregó su cuerpo, ¿para qué? Para terminar ahí, en una casa de citas, con hombres desesperados por conseguir unas buenas nalgas o una buena verga. El sexo era lo que ahora le causaba más repulsión.

Ve a través de la ventana una hoja que quiere entrar. La hoja queda atrapada. Él la empuja para que no entre. Le habla. Él mismo no sabe lo que dice. Ella insiste en entrar. Piensa en los idiomas, las clases de etiqueta, de historia, que quiso enseñarle la abuela Victoria y a las cuales no les dio importancia. La hoja se rinde y cae al piso. Ahí quedará por mucho tiempo. Wilfredo nunca las recoge, no es un condón. Quisiera levantarla. Sacarla de esa adversidad. Quizás afuera pudiera tener una mejor vida. El sol entra por la terraza. Escucha un alboroto de coches que provienen de la terraza. Sabe que no puede entrar ahí. Toma un poco de aire, cierra los ojos. Siente que alguien viene. Ya comienzan a llegar.

Un chico con mezclilla y camisa de rayas entra. Desabotona los dos primeros botones de la camisa. Un Cristo de plata se balancea en su pecho. Se abre el cierre de la bragueta. Entra a la oscuridad. Lumerso espera un rato hasta que ve al hombre de bigotes con el látigo en la mano; podría estar tomado o bajo el efecto de las drogas. Le parece extraño verlo a la hora de los tamales. Lo observa hasta que Wilfredo le habla:

—Estamos cerrados de diez a once por limpieza.

El hombre de bigotes camina hacia la puerta, pero no sin antes recoger un par de preservativos y tirárselos en la cara a Wilfredo.

—Y estos —dice el hombre sin ningún sentimiento.

Bigotes sube las escaleras hasta desaparecer. El hombre de la camisa de rayas sale asustado y lo sigue.

—Pinche mamón, quedó frustrado —se burla Wilfredo.

El limpiador tiene razón. El lugar suele cerrar para hacer la limpieza diaria. El dueño había contratado a personas heterosexuales de la tercera edad; de esa manera no ligaban con la clientela durante el día. La mayoría murieron ya. Wilfredo era el único que quedaba del grupo. Era el encargado de recoger los calzones que quedaron tirados en el piso, condones, cinturones, playeras, cajetillas de cigarros, celulares o cualquier otro objeto perdido en el medio de la pasión. Nunca regresaban por ellos. ¿Quién querría volver por unos calzones de seda color rosa? Algunas veces encontraba carteras con toda la información personal. Wilfredo las coleccionaba y se quedaba con el dinero. Llegó a pensar en las posibilidades de chantajear a alguno de ellos. Practicaba en voz alta lo que podría decirles, pero al final cambiaba de parecer. Colocaba las carteras en una caja de zapatos y ahí quedaban en el armario. Una vez fue a la tienda de abarrotes con una de las tarjetas de crédito para comprar un café, unas galletas y una cajetilla de cigarros. La cajera le vio la cara de asustado. Le pidió identificación. Wilfredo salió corriendo mientras derramaba café por todo el camino. Después de eso, nunca más lo quiso hacer. *Es mejor ser un pobre diablo, que un diablo con dinero*, se dijo a sí mismo.

La familia de Lumerso había vivido toda la vida en la Colonia Condesa. En una de las calles laterales al Parque México. Ignacio, su padre, trabajó como contador en empresas de *outsourcing*; su madre, Josefina, se dedicó a los oficios del hogar. Estudió enfermería, pero su condición nerviosa le impidió ejercer. Sin embargo, en lo económico la vida les sonrió desde el comienzo. Lumerso tenía una hermana mayor quien estudió la preparatoria y parte de la universidad en colegios suizos. Él optó por quedarse en el país. Era un chico que disfrutaba la ciudad, las baguetes en el mercado de San Juan y todo el desmadre capitalino. Su padre siempre les recordó que sus hijos tenían exactamente las mismas oportunidades que otros y que ninguno tenía preferencia, y que nadie debería sentirse superior.

La abuela Victoria, madre de Josefina, vivía con ellos desde que regresó de Australia. Ella era los oídos de Lumerso. Platicaban hasta tarde por la noche. Sabía de los últimos amoríos que él tuvo. Ella lo aconsejaba, le decía que existían tantas otras cosas importantes en que enfocarse. Le platicaba sobre civilizaciones que desaparecieron de la humanidad, tal como ocurriría con la nuestra, ya que todo termina para volver a renacer. Lumerso no escuchaba, era un muchacho soñador que creía en ese amor eterno que la abuela veía en las telenovelas.

La abuela Victoria se casó con un diplomático francés y viajó por los cinco continentes. Al menos eso decía. Hablaba cuatro idiomas y afirmaba que conocía el mundo como la palma de su mano. Después de haber vivido en Camberra por más de dos décadas, regresó a México; quería morir donde había nacido. François, su esposo, falleció de un infarto cardíaco. Ella se rehusaba a terminar su vida en un asilo extranjero. Regresó a México para instalarse con la familia De la Torre. Tres años más tarde, murió por problemas respiratorios y con dos pesos en su cuenta corriente. Lumerso se preguntaba si todo lo que dijo la abuela era verdad: los viajes, las cenas y el marido diplomático. No existían fotografías ni nada que respaldara sus historias. Solamente las palabras.

Después de la muerte de la abuela Victoria, Lumerso se aisló. Ya no quería convivir con sus padres y nunca hablaba de su vida privada con nadie más que con su diario. Ignacio, su padre, al igual que su madre, sospechaban que a su hijo le atraían los chicos. Toda su niñez hizo berrinches en las jugueterías cuando no se le compraba la misma muñeca que a su hermana Julieta. Josefina, su madre, trataba de consolarlo, pero no conseguía las palabras adecuadas para que él la entendiera. De niños, Julieta le regalaba sus muñecas. Él disfrutaba jugar con Kent y la Barbie como la pareja perfecta. El Día de Reyes, cuando Lumerso acababa de cumplir siete años, el padre le compró una pelota de fútbol y un juego de carros de pistas; a Julieta, una casa de muñecas con todos los accesorios. Lumerso tomó los carros junto con la pelota y los agarró a patadas en el patio trasero. Lloró y gritó hasta que su padre lo encerró en su recámara por el resto del día. Al salir, Lumerso habló como adulto:

—No hay la necesidad de que me compren más juguetes, si no son los que yo quiero.

El padre pensó que era justo y sensato lo que Lumerso había dicho. Ese fue el último año que los Reyes le trajeron un regalo.

Capítulo VIII

La Romita, 2010

El cuerpo de Ignacio De la Torre descansaba dentro del ataúd. Ya no tenía la sonrisa bondadosa ni la personalidad desenfadada con la que todo el mundo lo conocía. Lumerso se quedó viéndole por un largo rato sin llorar. Julieta lo observaba sentada desde el otro extremo. A Josefina, la madre, la calmaron con un par de narcóticos. Lumerso no comprendía cómo una persona se marchaba así, sin avisar. Le pareció muy egoísta de su parte. Además, de qué iban a vivir, si aún le faltaba mucho para terminar la carrera. Nadie en la familia estaba preparado para la partida de un hombre tan lleno de vida.

Lumerso salió en busca de aire. No soportaba el encierro, el olor a flores muertas y los susurros de personas que no recordaba. Intuía, además, que su vida había cambiado. Le sorprendió encontrarse con Edgar, quien estaba fumándose un cigarrillo. Lo vio más guapo que nunca. Tenía unos pantalones ajustados de cuadros y una camisa blanca, acompañada de una delgada corbata negra. Edgar lo abrazó por un largo rato.

—Lo siento mucho, de verdad, amigo —afirmó Edgar.

Edgar se quedó esperando una respuesta, pero Lumerso se soltó y sin decir nada siguió caminando hasta encerrarse en el baño. Edgar esperó unos veinte minutos antes de tocar la puerta. Continuó tocando por un buen rato, pero Lumerso no respondió. Otras personas llegaron en busca del baño. Edgar les comentó que había otro en la segunda planta. Después de más de media hora, Lumerso abrió la puerta y jaló a Edgar por el brazo. Cerró la puerta por dentro. Lo besó apasionadamente, diciéndole lo mucho que lo amaba, lo tanto que lo había extrañado.

Edgar fue siempre, según Lumerso, la única persona que lo entendía. Los dos compartieron todo durante la niñez, los almuerzos, las paseadas en bicicletas, las tareas. Además, las tocadas de penes para ver a quién le seguía creciendo. Edgar estaba comprometido. John le había propuesto matrimonio, era un gringo desabrido que conoció en la ciudad de Washington, D.C. Edgar pensaba regresar a México a trabajar en la farmacéutica de su padre. En eso andaba cuando se enteró de la muerte de Ignacio. Lamentaba mucho el haberse ido sin despedirse. No quería que todos se enteraran que, al igual que Lumerso, él también era gay. Lo odió por mucho tiempo. Lo culpaba de la crisis de identidad que tuvo durante la infancia. Sin embargo, nunca durante su corta vida dejó de pesar en él.

Lumerso siguió besándolo hasta que la camisa blanca y los pantalones de cuadros cayeron en el piso. Lumerso tomó un poco de jabón, lo colocó en el recto y sin pausar lo penetró. Edgar quiso gritar, no supo si de placer o de dolor, pero Lumerso le cubrió la boca. Ambos gemían en silencio. Lo despeinó. Le jaló el cabello hasta acostarle el medio cuerpo sobre el lavamanos. Le abrió las piernas. Lo gozó como siempre soñó hacerlo. Le masturbó la masiva erección que Edgar tenía. Luego de minutos, ambos eyacularon al mismo tiempo. Edgar se vistió rápidamente. No podía comprender lo que acababa de ocurrir. Había imaginado ese momento, pero no de la forma que ocurrió. Lumerso se quedó sentado en la taza del baño.

Al escuchar la puerta cerrarse, Lumerso comenzó a llorar. Su padre había muerto. Él no encontraba cómo expresar aquel dolor que lo asfixiaba. Gritó histérico el nombre de Edgar. Algunos se percataron del grito. Edgar ya estaba en el semáforo del viaducto. Lumerso perdió el equilibrio. Se desmayó.

La cama del Hospital General era más pequeña que el ataúd donde metieron a Ignacio. Lumerso se encontraba acostado boca arriba. Tenía el rostro amarillento. Algunos tubos le abastecían aire para respirar. Julieta estaba sentada en una silla a los pies de la cama. Habían transcurrido seis días desde el incidente en el baño de la funeraria y el entierro de Ignacio. Julieta llevaba un vestido negro, parecía el mismo del funeral. Tenía los ojos rojos, se le veía demacrada y con ojeras prolongadas. Tampoco llevaba maquillaje. A través de la ventana se escuchaban un par de gorriones cantando. Eran los últimos días de la primavera. Una ciudad brumosa la esperaba afuera. No podía perder también a su hermano. Ignacio había hipotecado la casa de la Condesa que ahora perderían. Julieta conservaría el departamento de La Romita, que le compró su padre después de haber regresado de Suiza. Aún estaba sin amoblar. Sintió la desgracia venírsele encima. Acomodó la almohada de Lumerso. Lo besó en la frente. Lo escuchó tomar un breve suspiro. Lumerso llevaba seis noches sin despertar. Julieta ya esperaba lo peor. Una voz la sorprendió.

—Me perdí el funeral —dijo Lumerso con una voz quebrada, poco articulada.

Julieta lo volvió a besar. Una gota de felicidad se reflejó en el rostro de ella.

Dos meses más tarde, estaban todos en el departamento de La Romita. Julieta siguió trabajando en el puesto de secretaria en el sector público. La madre vivía en pensamientos lejanos y recuerdos incoherentes. Las deudas acumuladas abarcaban la mitad de la mesa de la cocina. Lumerso, en el cuarto de Julieta, se rehusaba a ver a su madre con la mirada ausente. Tomó el celular para buscar trabajos temporales. Encontró uno en la central camionera, subiendo pasajeros a los camiones de la terminal. La carrera estaba en espera. No tenía claro lo que haría con su vida. La muerte de su padre le dio un giro de ciento ochenta grados; no solo a él, sino a toda la familia. El muy cabrón murió sin dejarles un peso. Ahora tenían que comenzar a vivir un capítulo que no sabían cómo iba a terminar.

Después de haber trabajado dos semanas subiendo y bajando gente de los camiones, notó que un hombre de traje y corbata le mostraba la lengua moviéndola en círculos. Lumerso lo vio varios días sin decirle una palabra. Un domingo, temprano en la mañana, se encontró con el hombre que ahora llevaba unos *pants* blancos. El chofer del camión había salido a desayunar. No estaba nadie más en el pesero. Lumerso se acercó. El hombre se sentó en la parte trasera y abrió las piernas. Le mostró el pene. Lumerso sintió de todo menos atracción.

—¿Qué pedo contigo? —gritó Lumerso enojado.

El hombre se estrujó el miembro una vez más. Lo invitó a salir después del trabajo. Lumerso no entendió por qué aceptó. Fueron a comer unos tacos cerca de la central. Le dijo que se llamaba Genaro y que le gustaban mucho los apiñonados como él. El hombre le dijo que existían mejores formas de ganarse la vida. Además, siendo un chico tan guapo, seguro vergón, podría trabajar haciendo otras cosas. Siguieron platicando hasta que le propuso que fueran a un hotel que estaba sobre la avenida Álvaro Obregón. Le ofreció quinientos pesos, pero tenía que hacer las veces de pasivo. Lumerso lo pensó un rato ya que el hombre parecía tener una trompa de elefante entre las piernas. Lumerso subió a seiscientos. Genaro no discutió más. Aceptó.

El hotel estaba lleno de mugre por todos lados. Olía mal. Los edredones llenos de quemaduras de cigarros, las paredes cubiertas de desperdicios humanos. Una media cortina cubría parte de una ventana de celda. Había dos espejos, el más grande se encontraba encima de ellos y el otro a un lado de la cama. La ventana sobre la cama miraba a un muro en el jardín. Lumerso tomó un poco de agua de la jarra, que estaba al lado del buró.

—No te garantizo que esté limpia —dijo Genaro.

Lumerso no estaba seguro de lo que hablaba y tomó el agua. Genaro colocó el dinero encima del televisor donde una película porno acababa de comenzar, luego entró al baño. Husmeaba a Lumerso a través del espejo. Pensó en tomar el dinero y salir corriendo, aunque al final no lo hizo, Genaro salió con la más grande erección que Lumerso había visto en su vida.

—Te vas a comer todo esto, cabrón —dijo orgullosamente Genaro.

Lumerso se quitó la ropa sin dejar de ver el monstruo de pene que le colgaba al hombre. Sintió odio hacia a su padre, coraje con la vida, su vida. Acostado bocabajo, Genaro le untó pomada en el recto tal como a un niño. Lo tocó varias veces hasta que el orificio de Lumerso quedó lubricado. Lo volteó con las piernas arriba. Lentamente comenzó a penetrarlo.

—¿No te vas a poner condón? —preguntó Lumerso.

—Hoy no —afirmó Genaro.

El pene de Lumerso quedó flácido como un guante. Genaro gozó como una fiera, le dio hasta que Lumerso sintió que le tocaba cada uno de los órganos. Genaro eyaculó dentro de él. Lumerso quedó exhausto y adolorido sobre la cama. No sabía qué diablos fue aquello: violación, prostitución o un simple encuentro.

—Mientras más te dejes y con más te dejes, te daré más —dijo Genaro antes de pedirle el número de su celular.

Ahora sí era un putito. *Gracias, papá*, pensó Lumerso con sarcasmo. Había obtenido más dinero de lo que ganaba en una semana. Regresó a casa con un par de litros de leche, un kilo de tortillas y un pollo rostizado. Su madre seguía sentada en la misma posición en que la dejó en la mañana. Miraba el televisor apagado. Julieta no comentó nada ante la pequeña despensa de Lumerso. Se sentaron todos en el sofá a comer. Nadie habló. Lumerso pensaba en el fuerte dolor que aún tenía y en la cara de depravador de aquel horrible hombre.

Capítulo IX

Colonia Condesa, 2004

"24 de mayo de 2004

Perdona que no tuviese nada que escribirte hasta ahora, pero quiero contarte que estoy enamorado. No me atrevo a escribir su nombre de tan emocionado que estoy, pero es alguien que viene a casa todos los domingos a comer y luego se queda con papá a ver el partido. Mi padre siempre me habla para que le lleve algo; él me ve y también me pide cualquier cosa. Sabes quién es ¿verdad? Sí, es Terán, el amigo de papá. Cuando se emocionan viendo el partido se tocan entre ellos. A mí me dan un poco de celos. Papá le da unos golpes en los hombros y Terán le da unas cuantas palmadas en la espalda. Me llaman para que también vea el partido. Yo me quedo embelesado viéndole las piernas a los futbolistas y cómo se les mueve el pipí. Luego encuentro cualquier excusa para irme. Yo creo que si papá supiera lo que estoy pensando me daría un buen golpe por el cuello. Terán me recuerda mucho a Antonio, pero ya ese seguro no me quiere. Me imagino que hasta tiene otro noviecito y ya me olvidó. A mí no me importa para nada, porque yo también lo olvidé. Tú dime qué debo hacer, no sé si escribirle un papelito para invitarlo a llevar a mi perro Oliver al parque. Yo sé que seguro también está enamorado de mí. Yo lo amo con locura, aunque amo también a Edgar. Puedo tener muchos novios, ¿verdad? Imagínate si me llevara a Toluca donde hace mucho, mucho frío y tuviéramos que dormir bien amarraditos los dos, sería así como un sueño. Hoy llevaba unos pants color azul, de esos que tienen como unas rayas blancas a los costados. Traía una playera blanca y una chamarra de color café. Siempre se sientan juntos en el sofá del cuarto de la tele. Él abre las piernonas y se toma primero un vaso con agua, pero ya luego con la emoción del partido se toman unas chelas juntos. Ayer desconecté la nueva XBOX y me preguntó que si necesitaba ayuda. Casi le respondo que sí, pero papá se me quedó viendo y ya le dije que no gracias. El corazón se me salía por todos lados. Ya aquí en mi cuarto, me di cuenta de que había olvidado el cable y tuve que regresar. Esta vez él lo desconectó y me lo dio en las manos. Sentí sus manotas rozando las mías. Yo sé que lo hizo a propósito porque no creo que nadie más me toca de esa forma. Salí de regreso a mi cuarto y dejé la XBOX sin sonido para escuchar cuando se terminara el partido. Ya no oí nada y bajé para ver qué había ocurrido. Las famosas Chivas habían perdido y los dos tenían caras de tragedia.

Papá me ordenó llevarme las botellas vacías y vi cómo Terán se estaba poniendo la chamara. Le di la mano y le dije que sentía mucho que hubieran perdido. Él me jaló del brazo y me abrazó. Ves, te das cuenta, que él también está enamorado de mí. Papá se le quedó viendo extrañamente, pero no dijo nada. Yo salí corriendo y me encerré aquí en mi cuarto. No quería contarte nada, pero ya luego me dije que es mejor que lo escriba todo, así ya no se me olvida".

"14 de febrero de 2005

Querido diario, ya ves que nunca pasa nada en mi vida. Desde que las Chivas perdieron, Terán ya no viene a casa a ver los partidos. Una vez, lo vi en la Comercial con su esposa. Ella es muy bonita. Yo no sabía que estaba casado. Tampoco entiendo por qué si estaba casado venía solo a casa. Hoy es el Día de los Enamorados o de San Valentín o Día de los Amigos. Ya ni sé. Todo el mundo anda con corazones, peluches, chocolates y no sé qué otras cosas. Me gustaría enamorarme de nuevo. La abuela Victoria está como loca. Siempre dice que tengo que ocuparme de otras cosas y nunca del amor. Yo pienso que quizás tuvo una mala experiencia y no piensa como yo. Compré unas cajas con chocolates y se las regalé a todos, hasta a Jimena. Así ven que tengo amor para ellos. Terán, Antonio y Edgar. Te das cuenta de que en mi vida no pasa nada, que desde que se marchó Edgar ya casi no uso la bici. Además, mamá siempre me está gritando que no olvide el casco. Pesa mucho y no sirve para nada. Cada vez que me caigo siempre me doy en las rodillas y en la cabeza nunca ¡jamás en la cabeza!

La mamá de Edgar dice que él se fue a Washington, D.C. Yo no le creo, pienso que está escondido en una escuela por allá por Satélite. Sabes, lo extraño un chingo, pero ni modo, así es el amor. Oliver está cada vez más enfermo. El veterinario dice que le falta poco para que muera, pero yo, así y todo, todavía lo llevo al parque; aunque ya no camina como antes. Yo ya tengo experiencia en esto y cuando sea un hombre más grande, voy a dar clases de lo que es el amor y para qué sirve. Ya escucho que me están llamando para cenar, así que te voy a dejar por ahora, pero luego vendré a contarte todo lo que haga hoy, en el Día de San Valentín, aunque tú eres mi único y verdadero Valentín".

"15 de febrero de 2005

Yo sabía que esto iba a ocurrir. No recibí ningún regalo para el Día de San Valentín. Aunque no me importa, solamente te lo digo a ti. Nos sentamos todos a la mesa y mi padre le trajo unas flores a mamá. Estaban chidas, pero ella no le dio mucha importancia. Mamá las colocó en la consola. A mi madre la veo cada vez más rara. Platica poco. ¿Será que tiene algo? Jimena ahora hace lo que quiere. Ya mi madre no le pide los guisos del día o que limpie los vidrios de las ventanas. Jimena tampoco pregunta. Se la pasa todo el día en la cocina haciendo no sé qué cosa. Ayer andaba buscando mi playera para las clases de Educación Física. La encontré en la secadora con un montón de ropa que aún no había doblado. Las dos son muy extrañas o quizás las mujeres son todas así.

Ayer, como no tenía ningún San Valentín, cerré los ojos cuando comía el estofado para imaginarme al profe de Educación Física. Algunas veces creo que sabe que soy gay. No me manda a ejercitarme como a los otros, ni a correr. Yo insisto en que debo hacer lo mismo que los demás. El lunes le dimos unas vueltas a la cancha y él no se fijaba en nadie más. Luego me preguntó si quería un vaso con agua. A nadie más se lo ofreció. Solamente a mí. Quizás yo le guste. A mí me parece un hombre muy chido, pero no me gustaría que fuera mi novio. Pienso que la atracción física es una cosa, pero la atracción que uno siente por una persona especial es otra cosa. ¿Tú qué crees? Ya te voy a dejar. Ahí te la dejo para que la pienses. Tengo que ensayar la presentación de Biología sobre las pruebas de ADN para encontrar a los verdaderos culpables de crímenes del pasado. Ya será todo por ahora. ¡¡¡Bye!!!".

Capítulo X

Colonia Escandón, 2019

Una fuerte tormenta azota la zona centro de la ciudad. El agua de lluvia baja por las escaleras inundando los pisos. Fuertes vientos levantan todo lo que encuentran. El agua arrastra una fila de preservativos, papel higiénico y basura. Una silla cae desde la terraza hasta terminar en el sótano. Los hombres no salen. Algunos se esconden como gallinas. Chorros de agua forman charcos por todos lados. Lumerso se esconde debajo de uno de los lavabos. En el cuarto de la tele varios fuman marihuana. Lumerso piensa que quizás un poco de eso le haría bien. Es de noche. La tormenta empeora. Un relámpago acompañado de un trueno alumbra el lugar. Cae un árbol en la calle paralela. Un hombre tambaleándose acompaña a un chico al cuarto de las literas. Saca un par de billetes y se los entrega. Otros los esperan. Comienza el fervor.

Apenas caían las primeras lluvias de mayo, Lumerso perdió el diario. Había llovido por tres días. A él no le importó. Tomó el impermeable, la mochila y fue a clase. La maestra de Inglés había faltado. El maestro de Química siempre estaba ahí. Ese día asistieron pocos alumnos. Lumerso, como de costumbre, se sentó atrás. No estaba para platicar o hacer preguntas zonzas. Quiso escribir en el diario, lo buscó desesperadamente, pero no lo encontró. El ruido perturbó la clase.

—¿Algo en que lo podamos ayudar? —preguntó el maestro Gutiérrez al percatarse del escándalo.

Lumerso salió espantado de la clase. Tropezó con un par de mesas. El viento azotó la puerta del salón. Corrió hasta llegar donde había dejado la bicicleta. Le tomaría quince minutos en llegar a casa. El agua le mojaba la cara y le impedía ver. Un camión de refrescos casi lo arrolla. Lumerso pedaleó por diez minutos hasta llegar al portón de su casa. Subió a su cuarto y comenzó a buscar su diario por todos lados. No lo encontró. Jimena preguntó qué andaba buscando. Lumerso no respondió. Buscó debajo del colchón, los cajones del buró, el escritorio. Bajó las escaleras, tiró cojines, buscó en el cuarto de la tele, debajo de los muebles, hasta que finalmente Jimena volvió a preguntar:

—¿Buscas el cuaderno verde?

Lumerso sintió que de pronto su corazón dejó de latir. Se acercó a ella y la tomó de los hombros gritándole que se lo devolviera. Jimena le dijo que sus padres lo tenían mientras discutían a la hora del desayuno. Que platicaban del señor Terán y la relación que había tenido con él. Lumerso pensó en darle una cachetada, como en las telenovelas, por chismosa. Seguramente así se sabían la vida de todos ellos, escuchando detrás de las puertas.

—¿Mi madre dónde está? —preguntó Lumerso iracundo.

Jimena comentó que había salido a arreglarse el cabello, pero de seguro ya no tardaría. Llamó varias veces al celular de su madre, pero no obtuvo respuesta. Subió a su cuarto y ahí se quedó por el resto del día. El profesor Gutiérrez llamó para saber si todo estaba bien con Lumerso. Jimena le contó todos los detalles del dichoso cuaderno perdido.

Lumerso no bajó a comer en todo el día. Ninguno de sus padres subió a platicar con él. Al día siguiente se levantó como si nada a desayunar. Su padre estaba a punto de salir y su madre estaba callada tomándose un café.

—Hablamos esta noche —indicó Ignacio.

Lumerso se encogió de hombros, pero no dijo nada. Su madre lo saludó con un beso como de costumbre. Una llovizna fastidiosa seguía mojando toda la ciudad. Lumerso no tomó la bici, decidió caminar. Al igual que la noche anterior, trataba de recordar lo que había escrito en el diario. Pensó de nuevo en Antonio, en Terán, en Edgar, en el maestro de Educación Física y todas las estúpidas historias escritas. Estaba arrepentido de haber colocado su vida en palabras. No tenía sentido pensar que alguien más estuviera interesado en experiencias o anécdotas que a él mismo le parecían aburridas. Tampoco podía culpar a Jimena por habérselo robado, seguro que él mismo lo dejó olvidado en la mesa de la cocina. No quería ser él, quería cambiar su *chip* y convertirse en otro. ¿Cómo pudieron robárselo? Eso era una violación a los derechos humanos. No era posible que sus padres le faltaran el respeto de esa forma. Quería marcharse, eliminarlos de su vida. Olvidar que era miembro de la familia De la Torre. Pensó en llamar a Julieta, pero quizás ella también era cómplice. Todos eran cómplices, hasta Jimena sabía ahora su vida privada. Seguro allá, en la Colonia Buenos Aires, ya todos sabían sus mariconerías.

Lumerso decidió faltar a clase y pasar el tiempo en el club de natación. Nadó en estilo dorso por hora y media hasta que sintió su cuerpo tan liviano que pensó en comerse una vaca. Se acercó a la ducha. Del otro lado de la regadera se encontraba Arturo. Arturo era un chico que estaban entrenando para los Juegos Panamericanos. Medía un metro noventa, tenía el mejor cuerpo atlético que Lumerso había visto. Algunas veces se lo encontraba en la alberca, pero hoy era su día de suerte. Arturo estaba en la regadera, desnudo como siempre lo imaginó. Lumerso lo observó varias veces hasta que su miembro cambió de tamaño. Tomó el jabón y lo restregó por todo su cuerpo. Su pene quedó cubierto en espuma. Arturo lo excitaba. Lumerso se inclinó varias veces mostrándole las nalgas. Se manoseaba los músculos de los pectorales. La espuma corría rápidamente por las coladeras. Arturo agarró su verga y comenzó a masturbarse. Lumerso olvidó su cansancio. Arturo hizo una señal para que cerrara la puerta de la entrada. Lumerso negó con la cabeza, pero caminó hasta donde él estaba.

A las once de la mañana el lugar estaba vacío. Si llegaba alguien más, sería una persona grande que seguro no podría escucharlos o verlos ya que estaban en las dos últimas regaderas. Comenzaron a besarse hasta que Lumerso quiso penetrarlo. Arturo no quiso. Continuaron besándose. El agua los empapaba formando un velo que los cubría a los dos. Masturbaron sus penes hasta conseguir que los pectorales se pintaran de una cremosa capa blanca. Arturo sonrió, lo besó en los labios y salió cautelosamente. Lumerso esperó hasta que Arturo terminara de vestirse antes de salir de la ducha. Quería tomarse su tiempo. Pensó que era una lástima no tener el diario, ya que aquella hubiera sido una buena entrada.

Lumerso estuvo todo el día vagando entre las Colonias Condesa y Roma Norte. Fue a varios cafés. Comió tacos con el Güero de la avenida Ámsterdam. Pasó frente al colegio dos veces y hasta pasadas las siete regresó a casa. Su padre estaba sentado en la sala trabajando en un nuevo proyecto. Josefina bajó las escaleras tan pronto Lumerso entró. Nadie dijo nada. Un incómodo silencio sofocaba el ambiente.

—Tienes un plato en el horno —comentó su madre apresuradamente.

—No tengo hambre —respondió Lumerso.

Lumerso tiró la mochila arriba del sofá. Su madre lo miró. Luego ella se acercó a Ignacio y susurró que sería bueno que hablara con él. Ignacio no sabía qué decir. No era un hombre de sentimentalismos y menos después de haber leído algunas de las entradas del diario.

—¿Las historias que escribiste son ciertas? —preguntó su padre impulsivamente.

Lumerso lo miró con rencor.

—¿Tú qué crees? —preguntó Lumerso con cinismo.

Ignacio miró a Josefina como buscando una respuesta en ella. Nadie se atrevió a decir nada más.

—Esas porquerías que escribiste, le pedí a Jimena que las quemara —dijo Ignacio.

Eso terminó por herir más a Lumerso. Se apresuró a la recámara con un doble nudo en la garganta. Ambos sabían de la homosexualidad de su hijo, pero ignoraban cómo enfrentarla. Hablaron de regresarlo con el terapeuta o de mandarlo junto con Julieta al exterior. Ignacio expresaba cualquier idea sin pensarla. Cuando estaba nervioso decía cualquier cosa de la que luego no podía arrepentirse. Repetía que en su familia no había jotos, que seguro era por parte de ella. Josefina pensó en el insensato y egoísta hombre con el que estaba casada. Siguieron discutiendo sin llegar a ningún acuerdo.

Lumerso tomó los libros de su mochila y los tiró a la basura. Agarró un par de mezclillas, playeras y ropa interior. Colocó todo en la mochila. Rompió la alcancía. $696.51 pesos. El ahorro de casi medio año.

Acababa de cumplir diecisiete años y odiaba la desconfianza que ahora les tenía a sus padres. No podía vivir en una casa de intrusos, invasores de su privacidad. Ya no le interesaba quién ni cómo lo habían encontrado. Odiaba lo que le hicieron a él, a sus palabras, a su otro ser. Lumerso decidió esperar hasta que sus padres se fueran a dormir. Pegó la cabeza detrás de la puerta. Escuchaba los susurros de su madre y los gritos de su padre. Colocó música por un rato hasta quedarse dormido. No supo en qué momento lo hizo.

—Ya es hora, joven Lumerso —gritó Jimena del otro lado de la puerta.

Lumerso escuchó el grito. Sintió coraje por haberse dormido toda la noche. Fue al baño del pasillo. Se mojó el cabello y guardó otras cosas en la mochila. Tomó un vaso con jugo de naranja. Le dio un beso a su madre. Abrió la puerta y salió. Segundos más tarde volvió a entrar. Preguntó:

—¿Dónde quedó mi diario, Jimena?

Ella tartamudeó por minutos en cómo decírselo, hasta que finalmente confesó que lo había quemado en el patio como lo ordenó su padre. La cara de Lumerso cambió. Pensó en sus palabras ardiendo en el fuego, quemándose para siempre, volviéndose cenizas. No quiso llorar. Besó a su madre, esta vez dándole un abrazo.

—Nos vemos Jimena —se despidió sin rencor mirándola a los ojos.

Caminó sin rumbo, sin saber cuál sería su próxima parada. No regresaría a la escuela. Ya no tenía nada que hacer ahí. Ese ya no era su hogar. Buscaría nuevos rumbos, nuevos amigos, conocería gente nueva y otros de quien enamorarse. Así comenzó su nueva vida.

Capítulo XI

Estación del Metro Taxqueña, 2007

Lumerso llegó a la estación Taxqueña. No sabía adónde iría. Pensó en Cuernavaca, Acapulco o Los Cabos. Podría quizás llamar a algún *scout* y preguntarle cómo o dónde encontrar a Antonio. Lo perdonaría por haberse marchado. La idea no lo convenció. Sin darle muchas vueltas, le ofreció veinte pesos a un hombre para que le comprara el boleto a Cuernavaca. No quería que lo cuestionaran por ser menor de edad. Nunca había viajado solo. El hombre, al que no perdió de vista, regresó con el boleto.

Cuando el camión comenzó a bajar por la Carretera Federal, la Ciudad de México quedó a sus espaldas. Una nube negra cubría los rascacielos de la avenida Reforma. Lumerso recordó a sus compañeros de la escuela. Todos tenían novias menos él. Luego de que Edgar partiera para Estados Unidos comenzó a salir con Claudia, pero no podía pretender lo que no era cierto. Dibujó con un dedo su rostro que se reflejaba en el vidrio de la ventana. Le trazó lágrimas en las mejillas. Una neblina comenzaba a cubrir la carretera. No supo en qué momento se quedó dormido.

Desde la partida de Edgar, Lumerso no había logrado abrirse con nadie más. Todos lo asumían gay; sin embargo, nadie aceptaba que pudiera salir con chicos. El diario era su escape. Con él se desahogaba, le contaba todo. Oliver, su perro, se convirtió en su único amigo hasta que el cáncer lo llevó a la muerte. La vida era injusta y egoísta, le arrebataba todo lo que amaba. Comenzó el diario antes de terminar la primaria; no obstante, las entradas eran cada vez más dispersas. Algunas veces escribía durante la semana; otras veces, el diario quedaba olvidado dentro de algún cajón. A este le contó la primera masturbada el día que Edgar durmió en su casa. También lo que había ocurrido en Chapultepec. Escribió cuando se vieron por primera vez con los *Speedos* en las clases de natación. Le gustaría regresar el tiempo, ser un niño de nuevo, poder hacer todo aquello como antes. Ya no quería crecer más. Edgar se marchó sin decirle nada. ¿Cómo podría perdonarlo? Jamás quiso aceptar que también lo amaba; por eso, decidió partir.

La voz del chofer lo despertó. Al bajarse del camión, Lumerso no tenía la menor idea de qué hacer o para dónde ir. Quiso pensar que el capital de cuatrocientos pesos que tenía le alcanzaría para una semana. Fue rumbo al centro hasta llegar a un café. Ordenó un *choco milk* y una concha dulce. Pensó la falta que le hacía la computadora. Se le ocurrió preguntarle a la mesera si conocía de algún empleo. La chica respondió que la dueña del establecimiento buscaba a alguien para empapelar unas paredes en su casa.

—Yo no tengo experiencia —contestó Lumerso.

La chica le dijo que no volviera a repetir eso. Le mostró la casa, para que fuera tan pronto terminara de desayunar. Lumerso tocó la puerta. Una señora con aspecto arrogante lo interrogó:

—¿Cuál es el motivo de tu visita?

—Vengo a colocarle el papel —habló Lumerso temblándole la voz.

La mujer lo dejó pasar, explicándole varias veces lo que tendría que hacer; le comentó sobre el pegamento, además, que trabajara con mucho cuidado, detestaba que el papel se arrugara.

—¿Tienes experiencia? —preguntó ella.

Lumerso comenzó a trabajar respondiéndole que lo había hecho muchas veces en casa y que le encantaba el papel tapiz. La mujer no le creyó, pero le agradó el chico. Lumerso comenzó a leer el instructivo de cómo mezclar el pegamento.

Cuando terminó de colocar la última hoja del papel, escuchó una voz más joven hablarle:

—Mi madre te va a matar.

Eugenio era hijo único. Asistía a una escuela privada en la Ciudad de México, pero el transporte no lo pudo esperar de nuevo esa mañana.

—¿Por qué me va a matar...? No tiene arrugas, como me lo pidió —respondió Lumerso un poco enojado.

—Es que está al revés —le hizo notar Eugenio con una mueca en el rostro.

La cara de Lumerso se tornó pálida. Quiso huir. Cuando estaba a punto de agarrar la mochila, Eugenio dijo que bromeaba, que había hecho una buena chamba.

—¿Siempre eres así de pesado? —preguntó Lumerso.

—Obviamente no conoces el sentido del humor —respondió Eugenio.

Eran pasadas las cuatro de la tarde. El estómago de Lumerso ya comenzaba a quejarse. Tenía hambre. Lumerso tomó el dinero que le entregó Eugenio, se dirigió a la puerta.

—No tienes que marcharte… Perdí el camión de la escuela por tercera vez esta semana. Estoy medio aburrido —dijo pausadamente Eugenio.

—¡Tengo hambre, quiero comer! —exclamó Lumerso.

Fueron directo a la cocina. Sacaron jamón y queso Oaxaca para prepararse unas chapatas. Las acompañaron con cocas. Lumerso le contó que se había escapado de su casa y que jamás volvería. Siguió platicando del diario, de lo mal que hicieron en robárselo, pero lo peor fue que se lo quemaron. Eugenio no era buen platicador, aunque sí le entretenía escuchar a los demás. Terminaron de comer para irse luego a jugar con el XBOX. Eugenio pidió que levantara todo antes de que llegara su madre. Entre los dos guardaron la escalera y las jergas en una bodega del patio. Lumerso recordó que no tenía lugar para quedarse. Quiso preguntarle, pero la vergüenza le ganó.

—¡Te puedes quedar aquí! —dijo Eugenio como si estuviera escuchándolo. Lumerso sonrió. Jugaron hasta pasadas las diez de la noche.

Al día siguiente Lumerso se levantó sin hacer ruido. Quiso dejar una nota, pero no encontró dónde escribir. Caminó por la avenida Matamoros. Sintió frustración de no saber qué hacer. *Además*, pensó, *¿de qué me servirán los setenta pesos que gané?* Buscó un teléfono público para hablarle a Julieta, pero no encontró ninguno que funcionara. Seguro todos estaban preocupados. Pasó por una casa donde vio a un chico limpiando una alberca. Miró a través de los arbustos para acercarse a él. Para su sorpresa, el chico lo sorprendió a unos centímetros de su cara. Enrique tenía diecinueve años, comenzó a limpiar albercas desde los catorce. Platicaron un rato hasta que Enrique lo invitó a pasar. Lumerso tomó un camastro y se acostó. Observó lo fácil que era aspirar la mugre de las albercas. Ese sería mejor trabajo que colocar papel tapiz, el tener cuidado con las arrugas era lo peor. Se removió la ropa hasta quedarse con el mismo calzón del día anterior. En un chapuzón ya estaba en el agua. Le jaló el tubo de la aspiradora que sostenía Enrique hasta que lo hizo resbalar.

—No hay nadie en esta casa, ¿verdad? —preguntó Lumerso.

Enrique negó con la cabeza. Comenzaron a jugar como chiquillos sin la supervisión de un adulto. Enrique hundió la cabeza de Lumerso con las dos manos, después de que Lumerso regresó por aire, preguntó:

—¿Eres jotito?

Lumerso odió la pregunta. Ya no quería ser gay. Regresó al camastro mientras Enrique continuó limpiando la alberca. Lumerso pensó en quedarse en esa casa; después de todo, no había nadie allí. Enrique se cambió la ropa de trabajo. Cuando ya estaba listo, invitó a Lumerso a la próxima alberca; le faltaban dos más y luego lo invitaba a comer. Lumerso lo siguió. Le gustaba lo directo que era Enrique. Él le platicó sobre las novias que había dejado en Tepoztlán y lo mucho que le gustaría hacer otra cosa; aunque no le iba mal metiéndose en albercas todos los días.

Cuando eran pasadas las cinco de la tarde llegaron a comer a casa de la señora Lucía. Ella era la encargada de asignar los trabajos; además, era dueña de la casa donde habitaban los "limpia albercas". La mujer observó a Lumerso, pensó que era un muchacho que no sabía qué hacer con su vida. Le ofreció que trabajara junto con Enrique por ahora, además que podía dormir en el mismo lugar; y si lograba hacer bien la chamba, le encontraría un puesto fijo. Por ahora le pagaría la mitad.

—Eso ya me quedó claro —dijo Lumerso con arrogancia.

Lucía no lo tomó personal. Era un adolescente como todos, lleno de hormonas a punto de explotar.

Tres semanas tenía Lumerso limpiando albercas cuando una patrulla lo detuvo entrando a una casa. Se veía asustado, más delgado que de costumbre. Tenía la piel prieta y arrugada. Lumerso les explicó que no era ningún ladrón. Ninguno de los patrulleros quiso hablarle. Lo sentaron como un delincuente en una celda del tamaño de una fosa común, ahí lo mantuvieron por tres horas sin hacerle preguntas. De pronto, oyó la resonancia de una voz varonil que tenía escuchando toda su vida. Ignacio entró a la celda sin decir nada. Vio lo moreno que estaba Lumerso. Le dijo que les había dado un susto, que su madre se encontraba en la sala de espera. Ignacio no sabía si darle un golpe, besarlo o decirle lo mucho que lo quería. No hizo nada de eso. Le dijo que fuera a ver a su madre. Josefina se veía agotada, demacrada. Ella lo abrazó fuertemente, dándole un montón de besos en la frente.

—No importa lo que hayas escrito. Tu padre y yo sentimos mucho lo del diario —dijo dulcemente mirando a su esposo. Las palabras de Josefina le hicieron recordar a Lumerso el por qué se encontraba en Cuernavaca.

Al llegar a casa, le pareció estar en un lugar extraño. No había estado ahí en casi cuatro semanas. Recordaba todo más grande. La casa parecía tener más muebles. No eran las recámaras separadas por cortinas de plástico donde llegó a dormir. Lumerso corrió una silla para sentarse. Jimena lo acorralaba con preguntas, qué si quería algo especial para comer, qué dónde había estado, que por qué nunca llamó. Él no respondió. Simplemente negó que tenía hambre. Subió a la recámara. Josefina abría y cerraba la puerta de la alcoba de Lumerso cada cinco minutos.

—Aún no me he escapado de nuevo, ma —reaccionó Lumerso acostado en la cama.

Capítulo XII

Colonia Escandón, 2019

Hace frío. Una corriente de aire entra por la terraza. Dos hombres fuman en las escaleras. Otro baja al segundo piso. Hoy quieren más que un cuerpo caliente. No es sexo lo que buscan. Buscan la compañía de un amigo, un amante, un marido, alguien que los quiera escuchar. Hoy no parece una casa de encuentros, sino un lugar para conocer a una nueva pareja. Música navideña sale de unas bocinas improvisadas. El dueño ha colocado adornos de Navidad y un árbol con luces y esferas; además, café, atole y chocolate caliente en la entrada. Sin embargo, la oscuridad sigue ahí. Nadie quiere entrar. Lumerso disfruta el espacio. Una pareja acaba de llegar, le pasan por encima. Se desvisten. Los abrigos caen al suelo. Lumerso corre para entrar a otro cuarto. Una conversación le llama la atención. Alguien habla de lo que hará durante las fiestas decembrinas: la disfrutará en la playa con la familia. La conversación cambia, comienzan a besuquearse. La noche se torna helada. Hace rato que no suena el timbre. Lumerso baja al último piso. El sótano está vacío. Otros dos acaban de llegar. Están semidesnudos. Uno lleva un pantalón de cuero con un agujero en el frente y otro detrás. El segundo ha decorado su pene con un anillo de metal. No está erecto. El del pantalón se acuesta bocabajo sobre un camastro y levanta las nalgas. El segundo tiene un látigo. Le pega. Lo hace varias veces hasta que las nalgas cambian de tono. Uno que está en el piso de arriba escucha. Baja. Lo toman por el brazo, le sacan el pene para que chupe al que recibe latigazos. Los tres comienzan a gozar. Un cuarto hombre baja apresuradamente. Grita que no se acuesten con esos dos, que están infectados, que los conoce de la clínica. El que está parado se enfurece, le grita que se largue, que no sea metiche o le partirá la madre. Siguen discutiendo hasta que se escucha un disparo. El sonido exalta a todos. El vigilante nunca había utilizado el arma hasta hoy. Unos se esconden, otros emergen de los agujeros, algunos salen huyendo. Lumerso no tiene miedo. No puede morir dos veces.

—O se largan… ¡o me echo a uno! —grita bajando las escaleras el de seguridad. Todos se miran las caras ahora que están las luces encendidas.

Los hombres de cuero suben. La noche de Navidad ya no es la misma.

—Arriba hay atole, chocolate caliente y café… Si hasta trajeron galletas —dice con estudiado sarcasmo el vigilante.

Lumerso nunca lo había visto de frente hasta ese momento. El hombre es un grandulón con cara de aserrín y espalda cuadrada. Siempre lo ve de espaldas, frente al baño, cuando alguien se la chupa. Así evade las cámaras de la recepción. Un hombre está acostado bocabajo, desnudo, esperando a que otro llegue. Los focos del árbol no prenden. El frío se intensifica. Lumerso se sienta frente al hombre desnudo. Observa la soledad en sus ojos hasta que aquel no resiste más y comienza a llorar. Ya no se escucha la música, ya no se siente como una velada de Navidad. La temperatura sigue bajando.

Es el mismo frío que sintieron en casa el día que regresó Julieta de Suiza. Ella se burlaba diciendo que hacía más frío en México que en Suiza. El padre comentaba que las casas allá tenían calefacción; pero aquí, ni siquiera las cobijas de Toluca se daban abasto. Todos se sentaron a la mesa a disfrutar la cena preparada por Jimena antes de irse a celebrar con su familia. Siguieron al pie de la letra las instrucciones de cómo calentar cada plato. Josefina trataba de hacer lo que podía, pero Julieta parecía tener más experiencia que ella. Ignacio, sentado en la butaca, quiso utilizar ese momento de felicidad para hablarle a su hijo. Desde su escapada a Cuernavaca, la comunicación era escasa, rara vez cruzaban palabra. Ignacio procuraba establecer cualquier conversación, pero Lumerso simplemente las rechazaba.

—¿Pronto comenzarán las clases en el Tecnológico? —preguntó Ignacio con mucho entusiasmo. Lumerso le gritó a su hermana que cómo se le había ocurrido traerle unos pijamas de seda, porque tendría que esperar hasta el verano para usarlas y luego observó la cara de su padre, quien esperaba pacientemente una respuesta. Le respondió secamente que la segunda semana de enero. Ignacio quiso hacer otra pregunta, pero se contuvo.

—¿Alguien más gusta jamón? —preguntó Josefina.

Estuvieron platicando hasta pasadas las tres de la mañana, cuando Josefina e Ignacio se fueron a dormir. Julieta se quedó en el sofá hablando con Lumerso. Le dijo que sentía mucho lo del diario, pero que comprendiera que sus padres eran generaciones diferentes y no sabían qué hacer con un hijo gay. Lumerso dijo que eso ya no importaba, que tenía otras cosas en la mente. Lo del diario era lo de menos. Julieta, después de escucharlo, dijo lo que había estado pensado toda la noche:

—No voy a seguir estudiando —interrumpió Julieta.

La noticia sorprendió a Lumerso. Los padres habían invertido más dinero en ella para que terminara una carrera. Julieta le aseguró que, por ahora, buscaría un trabajo en gobernación, hasta encontrar un novio que pudiera mantenerla. Las escuelas no eran para ella. Le costaba memorizar fórmulas absurdas que jamás utilizaría. Lumerso no podía creer lo que su hermana le decía. Era como si estuviera escuchando a su madre. Después de todo, ahora no le daba la gana de seguir estudiando. Se sintió traicionado por Julieta. Si él hubiera estado en su lugar, estaría viviendo separado de sus padres y no tendría los conflictos que ahora los alejan. Miró a Julieta pensando que era el peor error de su vida.

A Lumerso parecía no faltarle el dinero en la cartera. Él mismo se sorprendía de querer seguir estudiando. Tal vez no quería terminar perdido y sin propósito de vida. Le comentó a Julieta que se las arreglaba con dos trabajos que le daban buenas entradas, pero que cuando se adaptara de nuevo a México le contaría. Julieta lo notó delgado, con las mejillas chupadas. No era el Lumerso que ella recordaba.

—¡Dime que no andas en las drogas! —exclamó Julieta con desasosiego.

Lumerso no contestó. Se encogió de hombros para luego subir las escaleras. Julieta intuyó que no andaba bien, que las malas influencias lo habían cambiado. Decidió abrir el regalo de Lumerso que él olvidó entregarle.

"De: Lumerso
Para: Julieta ¡Feliz Navidad!".

Julieta sonrió. Deshizo el papel de regalo con delicadeza. Dentro encontró un par de calcetines de cuando eran bebés. Uno de Lumerso y otro de ella. Lumerso los había encontrado en unos baúles en la azotea. Julieta se quedó dormida en el sofá hasta que Josefina bajó a preparar café.

Capítulo XIII

Cuernavaca, 2007

Lumerso llevaba tres días en el dormitorio que quedaba a las afueras de Cuernavaca. Hombres de diferentes edades acomodaban en el suelo colchonetas como cupieran. Era un cuarto de treinta metros cuadrados ubicado en el terreno de un rancho. Las paredes eran de bloques, pero sin terminar. El garaje fue construido como estacionamiento para tractores. Como no se utilizaba, Lucía lo tenía asignado para dormitorios de los "limpia albercas". Una puerta de hierro abría y cerraba nada más que por fuera. La habitación no estaba ubicada cerca de ningún caserío; para llegar a Cuernavaca había que conducir unos cuarenta y cinco minutos. La misma distancia desde la Ciudad de México. Además, la vía era de terracería. Los dormitorios estaban divididos por cortinas de plástico. Dentro del mismo cuarto, una lámina de metal separaba la letrina de la ducha. A Lumerso le tocó dormir en una colchoneta al lado de Enrique. Muchas veces no dormía; cuando lograba hacerlo, despertaba gritando y empapado en sudor. Extrañaba a sus padres, su casa, su vida. Quería hablarles, pero el orgullo le ganaba. Enrique sentía a Lumerso moverse toda la noche. Lo encontraba delicado, aunque nunca le llegó a contestar si era o no joto. A veces Lumerso respiraba profundamente para hacerle creer que dormía. Sentía que el otro lo espiaba. Lumerso escuchaba los ronquidos de los demás compañeros, hasta pasada la medianoche recién se quedaba dormido.

A las cinco de la mañana tenían que levantarse. Muchas veces se apresuraban en llegar al camión sin asearse. Enrique era el platicador. Lumerso tenía otras cosas en la mente. No le entusiasmaban sus zonzas historias. Nada más pensar que esta sería su vida le retorcía el estómago. No pensaba regresar por ahora a la Ciudad de México, menos a ser humillado por su padre. Pensó en escribir otro diario, pero su vida no se prestaba para eso.

Los limpia albercas trabajaban todo el día, hasta llegar de regreso donde Lucía, a comer cualquier cosa. Las ganancias eran pocas, pero disfrutaban tomarse unas chelas en el patio de cualquier casa que estuviera vacía. Enrique era hombre de la calle. Estaba acostumbrado a mandar o convencer a las personas de lo que él quisiera. Muchas veces lograba persuadir a Lumerso para que tomara hasta cuatro cervezas. Llegaban borrachos al dormitorio. Lumerso no tenía que fingir en esas ocasiones, pues a los dos minutos caía dormido.

Una noche, después de regresar, cuando todos dormían, Enrique se acercó a Lumerso y comenzó a desvestirlo. Los dos estaban tomados. Lumerso volteó, pero no respondió. Esa noche Enrique durmió encima de él. Al día siguiente fueron a trabajar. A media mañana, Enrique le comentó burlonamente que su "chiquito" se llamaba Edgar. Lumerso se preguntó si las noticias del diario ya habrían llegado a Cuernavaca.

—Me llamaste así anoche —contestó Enrique.

Lumerso no recordaba lo que había pasado. Cada vez Enrique le parecía más desagradable. Siguieron trabajando, pero Lumerso le comentó que no iría a comer, que los esperaba en la entrada de la carretera. Al día siguiente quiso hacer lo mismo. Enrique lo apretó del brazo agarrándolo de la quijada:

—Mira cabrón, estás en esta chamba por mí. Si quieres estar solo, te me largas.

Lumerso pidió disculpas, habían sido muchos cambios en tan poco tiempo. Le prometió que irían juntos a comer, para luego hacer lo que él quisiera.

—¿Lo que yo quiera? —preguntó Enrique con una sonrisa burlona.

Lumerso se quedó callado, estaba arrepentido de lo que acababa de decir. Siguió verificando los químicos en la alberca. Al terminar, estaban lavándose las caras en el baño cuando Enrique le apretó una nalga.

—Buen culo —dijo Enrique dándole una palmada mientras miraba a los demás.

Lumerso comenzó a incomodarse. Sexo era lo último que tenía en su mente; aparte, no le gustaba Enrique, ni como amigo, ni como nada. Quería escaparse, pero luego qué haría. Los ahorros que tenía no alcanzaban para llegar a ningún lado; además, el dinero entraba y salía sin pausar. Quiso regresar a casa. Llamar a sus padres para decirles donde estaba, para que vinieran por él. Terminó de guardar la manguera cuando Enrique lo agarró nuevamente del brazo para decirle:

—Mira, cabroncito, no te hagas. Sé que te gusta la verga y vergas te vamos a dar.

Lumerso no supo qué decir. Tenía una mala relación con Lucía. No lo iba a cambiar a otro lugar. Pensó en salir corriendo y dejarlo todo, pero el dinero ahorrado estaba guardado dentro de la colchoneta. Observó a Enrique hablando con los demás. Presintió que era su bufón. Pensó en apartarse y correr. Prefirió distraerse. Sacó el sándwich de la mochila, cuando Enrique lo interrumpió:

—Después que terminemos con las albercas iremos todos por unas chelas.

Lumerso aprobó sin ganas moviendo la cabeza. La mejor solución era compartir con ellos que pelearse. Después de todo, eran muchos contra uno.

Compraron varios *six packs* para llevarlos al dormitorio. El sol acababa de ocultarse. Un viento helado comenzaba a enfriar la noche. Nadie entró al cuarto. Enrique agarró un tronco seco y le prendió fuego. Unos perros se escuchaban del otro lado de los arbustos. Una que otra estrella comenzaba a brillar. Todos se amontonaron alrededor de la fogata. Lumerso dijo que se sentía mal, que era mejor no tomar. Esto hizo enojar a Enrique. La idea era dormir todos juntos borrachos para pasarla rico. El tono de Enrique era irritante. Lumerso tenía bien claro que era gay, pero acostarse con alguno de estos asquerosos animales era lo peor que podía hacer. Del coraje, agarró una cerveza y comenzó a tomar. Todos le gritaban que se tomara otra. Lumerso continuó hasta beberse siete más. No pensó que podía emborracharse tan rápido. Al cabo de una hora, casi se cayó sobre las cenizas del tronco. Entre todos lo llevaron y tiraron en la colchoneta. Comenzaron a removerle cada una de las prendas de ropa. El cuerpo delgado de Lumerso quedó boca arriba. Los hombres miraron con envidia lo que Lumerso tenía entre las piernas. Decidieron voltearlo.

—A mí no me importa comenzar primero —dijo uno con la panza tan grande que le jorobaba la espalda. Le abrió las piernas. Lo penetró. Lumerso soltó un espeluznante grito. Enrique le cubrió la boca. El gordo movió las caderas cinco veces para luego venirse. Lumerso comenzó a llorar. Estaba ahí por su culpa, por haber nacido gay. ¿Por qué se había escapado de su casa? La cabeza parecía desprenderse de su cuerpo. El dolor en el recto era agobiante. Enrique lo inmovilizó de los brazos y agarró una calceta para taparle la boca. No obstante, otro se le subió encima. Se colocó un preservativo y estuvo moviéndose por un rato hasta eyacular. Enrique soltó a Lumerso; el que llamaban Gorila lo sostuvo por los brazos. Era su turno. Enrique le mordió la espalda, el cuello, le jaló los rizos. Lo lamió sin que los otros lo vieran. Le abrió las piernas hasta no poder más. Lo penetró de un solo golpe. Lumerso sintió morir. El efecto del alcohol parecía hacerlo más consciente de lo que le estaba ocurriendo. Enrique siguió disfrutando hasta venirse por segunda vez. Luego siguieron dos más. Lumerso quedó acostado sobre la colchoneta donde ya se había orinado. Así se quedó dormido hasta el día siguiente, cuando Enrique quiso despertarlo. Lumerso no se levantó. Quedó tirado en el suelo. Cerraron la puerta con llave. Lumerso gritó, pero sabía que nadie lo escucharía. Recordó el segundo sándwich que llevaba en la mochila. Comió. No podía creer lo que le habían hecho. Trató de ir al baño. Vio que la sangre le corría entre sus piernas. Pasadas las seis de la tarde, Enrique llegó con sus compañeros. Le entregó una bolsa con unos chilaquiles. Lumerso las hizo a un lado.

—Dice Lucía que te quedes aquí hasta que estés mejor.

—Yo estoy bien… ¿Puedo irme ya? —expresó Lumerso irritado.

Enrique esperó hasta que Lumerso levantara la mirada.

—Si te hubieras portado mejor, nada de esto te hubiera ocurrido —dijo Enrique sonriendo con cinismo.

Lumerso no respondió. Dejó de ser el chico fresa para convertirse en el sumiso esclavo de estos miserables. Mientras que Enrique seguía platicando, él pensaba en las diferentes formas de eliminarlos a todos, pero terminar sus días en una cárcel por homicidio no era lo mejor que podía hacer con su vida. Mejor era olvidar ese plan. Había pasado el día pensando que esto se lo merecía, que él era culpable de sus propias acciones. El ser gay era una abominación, una desgracia, una imperfección, un asco… y de alguna manera tendría que pagar el placer con el dolor. Tocándole la mejilla Enrique le habló:

—Espero que te hayas bañado, porque esta noche va la segunda ronda.

Lumerso tomó la bolsa de los chilaquiles. Todos estaban recostados en las colchonetas. Al parecer, la borrachera de la noche anterior y la jornada de trabajo los había cansado. Lumerso pensó en una manera de sobrevivir. Le tocó sutilmente la pierna a Enrique como lo hizo una vez con Antonio.

—¿Y si lo hacemos solamente tú y yo? — preguntó Lumerso controlando lo que realmente sentía.

Enrique respondió que sería mejor no hacer nada hasta que se durmieran los demás. Comenzó a ver una revista de cómics hasta quedarse dormido. Esa noche no ocurrió nada.

Capítulo XIV

Colonia Condesa, 2007

Eran pasadas las nueve y media de la noche, pero Lumerso no regresaba. Cuando se quedaba a cenar fuera o iba al cine, la costumbre era avisar. Siempre lo hizo. Josefina no quiso alarmar a Ignacio. Pensaba que si lo alteraba podría afectarle su condición cardíaca. Josefina trataba de controlar sus nervios. Entraba y salía de la cochera para asegurarse de que la bicicleta estuviera ahí. Llamó a los pocos teléfonos que conservaba de los maestros de Lumerso. Le marcó a la madre de Edgar, pero nadie supo dar noticias. La policía era la última opción. Eran unos corruptos, lo primero que pedirían sería una cuota extraordinaria para comenzar con la búsqueda. Esa noche Ignacio regresó a las once con veinte minutos de la noche. Josefina estaba despierta, le había pedido a Jimena que se quedara. Ignacio, al entrar, vio las caras de preocupación en el rostro de las dos mujeres. Imaginó que tal vez algo le sucedió a Julieta o quizás al mismo Lumerso. Josefina le contó que Lumerso no regresó en todo el día. Aparte que la abrazó antes de irse, como si nunca más fuera a verla. Ignacio respondió que dejara esos melodramas, que seguro estaba enojado y pasaría la noche en casa de un amigo. No quiso cenar. Se disculpó ante Jimena, además le declaró que sentía que la hubieran hecho quedarse, pero que fuera ya a dormir. Estaban haciendo un dramón donde no pasaba nada. Josefina decidió esperar un rato más en la sala. Ignacio leyó el periódico hasta quedarse dormido en el sillón.

Lumerso era de pocos amigos. Después de la partida de Edgar nadie lo visitaba en la casa. Josefina pensó en el diario y la estúpida idea de haberlo quemado; seguro ahí podrían conseguir alguna respuesta. No sabía cómo disculparse por haberlo leído, pero, peor aún, por haberlo compartido con Ignacio. Terminó la taza de café. Vertió más agua en la cafetera. Eran las cinco de la mañana. Lumerso aún no llegaba. Pasadas las seis, decidió despertar a Jimena para que fueran juntas a buscarlo. Quizás alguien lo vio el día anterior. Jimena dijo que era preferible esperar hasta que el sol saliera, a esas horas nadie estaba despierto. Josefina corroboró que la bicicleta aún estaba en la cochera. Eran las ocho y media de la mañana cuando sintieron los pasos de Ignacio. Ninguna de las dos pensó en preparar el desayuno. Ignacio tomó una taza de café y metió una rebanada de pan en la tostadora. Le pareció extraño que Lumerso no hubiera regresado. No tenía dinero para pagar un hotel. Tampoco creía que los ahorros le costearán esos gastos. Comenzó a preocuparse.

Las mujeres regresaron después de haber caminado por el Parque México y España hasta llegar a la avenida Reforma. No lograron preguntarle a nadie. Algunos corrían a los trabajos como locos; mientras otros corrían como locos para adelgazar. Josefina se sentó a un lado de Ignacio. Empezó a llorar.

—Seguro le pasó algo —dijo ella.

El padre llamó al licenciado Delgado, que se encargaba de investigar asuntos de menores en el área metropolitana y los alrededores. Luego de varios intentos consiguió hablar con él.

Pasadas las cinco de la tarde, aún no tenían noticias de Lumerso. Julieta ya estaba enterada, pero igual ella no podía hacer nada desde tan lejos. El director de la escuela llamó para decirles que Lumerso no se había presentado a clases por dos días. Esto hizo preocupar más a Josefina. Ignacio comenzó a llamar a federales conocidos en los estados de México, Hidalgo y Morelos. Josefina consiguió una fotografía reciente de Lumerso. La envió a través del fax que tenían en la oficina de Ignacio.

Esa noche todos se quedaron despiertos. Ya no sabían qué hacer. Jimena tampoco quiso regresar a la Buenos Aires. Sintió culpabilidad; después de todo, era ella quien había encontrado el dichoso diario. Luego de pensarlo por un rato expresó:

—Y si llaman a ese tal Terán ¿no se habrá ido con él?

La idea no le pareció mala a Josefina. Ignacio pensó únicamente en la humillación de explicarle todo a su mejor amigo. Decidió rechazarla.

Tres semanas después de la ausencia de Lumerso, todos pensaban lo peor. Que quizás lo habían secuestrado, estaba en tratas de personas o quién sabe dónde estaría. El teléfono repicaba nada más para informarles que hasta el momento no tenían noticias. Los noticieros de la televisión no quisieron transmitir la fuga de otro adolescente en la Ciudad de México. Solamente gobernación aceptó colocar los anuncios en transportes públicos y transmitir la búsqueda por la radio. Ignacio no sabía de dónde más sacar dinero. Hipotecó la casa para poder pagarle a los federales, seguir cubriendo los gastos de Julieta y guardar el dinero para la recompensa prometida. No había regresado a trabajar. Los federales cada vez pedían más dinero. Los ahorros se les terminaron. No existía ninguna noticia de Lumerso. La gente llamaba para decir que lo vieron por el centro, en la Zona Rosa o sentado como indigente en la Glorieta de los Insurgentes. Todo esto resultó ser mentira. Ignacio estaba harto de las falsas noticias. Se veía cansado. Una barba cerrada le cubría la mitad de la cara. No existía vida desde la desaparición de Lumerso. Julieta llamaba para decirles que podía regresar, pero siempre le respondían que no valía la pena, que mejor se quedara estudiando hasta terminar la carrera.

El licenciado Delgado llegó temprano la mañana del miércoles. Dijo que tenía buenas noticias, que la suerte los acompañaba por haber ofrecido una recompensa. El teléfono no dejaba de sonar en la oficina. Una mujer llamó para decir que lo vio por el centro de Cuernavaca.

—No conocemos a nadie allá —afirmó Josefina confundida.

Delgado continuó, diciendo que esta persona creía haberlo visto en dos oportunidades. Que estaba más delgado, pero que era el chico de la fotografía. También tenía el cabello más largo.

—Necesitamos una pista más para enviar una patrulla por la zona y le devolveremos a su hijo —decía Delgado tocándose la calvicie.

No dijo nada más, pero esperó para ver si le ofrecían algo más que una taza de café. Delgado permaneció sentado. Ignacio sacó los dos últimos billetes que tenía en la cartera. Josefina agradeció la noticia. Una pequeña luz se mostró en su mirada. Le habló a Jimena para decirle que estaba vivo, que lo habían encontrado. Jimena respondió que ya lo sabía, que un joven como ese no se pierde de la noche a la mañana. La Santa Virgen de la Guadalupe respondió a sus plegarias.

Una semana después, Lumerso se encontraba en su cama, pensando cuál era la mejor forma de escaparse. Ya no era el mismo. Sus pensamientos eran otros. Recordaba todo lo vivido en Cuernavaca. Tenía miedo de que sus padres lo regresaran a las interminables sesiones con el siquiatra. Pensó en Enrique, pero el pensamiento lo eliminó antes de que lograra formarse. Lo interrumpió la voz de su madre, preguntándole que si quería algo de comer. Una erótica película gay llenaba la media pantalla. Acababa de comprar un boleto de ida a Acapulco. Lumerso apagó la computadora y bajó a cenar.

Capítulo XV

Estación del Metro San Cosme, 2010

Lumerso sintió una leve corriente de aire detrás de su espalda. Hoy cumplía su padre tres meses de muerto; él mismo estaba de cumpleaños. Aparte del detestable trabajo en la central de autobuses, vivía encerrado en el departamento de La Romita. Pensaba ciegamente en la mejor forma para ganar dinero. En la página de *Manhunt*, un extraño lo invitó a un vapor gay en la ciudad. No quiso responderle. Aunque sí sentía curiosidad de ir a un lugar donde pudiera convivir con personas gais, personas que lo aceptaran, pero sobre todo que pensaran de igual manera. No tenía sentido que cumpliera veinte años y siguiera encerrado. Desde la muerte de su padre las vidas de todos en esa casa se fueron a la chingada. La cuenta bancaria no dio ni para cubrir los gastos del funeral. El banco los sorprendió cuando fueron a quitarles la casa y desalojarlos del todo. La vida se acabó para su padre, pero no para él. Ignacio estaba muerto y con ello se quitó de encima las responsabilidades familiares. Quiso perdonarlo, pero los recuerdos de sus actos se lo impidieron.

Encontró a su madre sentada en la cocina. No había tocado la avena ni la manzana que Julieta le sirvió. La besó en la frente diciéndole que seguía siendo la mujer más hermosa del mundo. Josefina no reaccionó. Así vivía desde la muerte de Ignacio. La mirada ya no era lejana, era una mirada entre la vida y la muerte. Lumerso pensó en tomar la bicicleta, pero los del banco hasta eso se llevaron. Arrasaron con todo, aunque no lograron apoderarse de algunos objetos personales. Julieta interpuso una demanda al estado para recuperar sus pertenencias, pero no sabía cuánto se demoraría. Ignacio dejó la hipoteca sin pagar por más de un año; lo peor era que la póliza de seguro de vida también quedó impaga.

Lumerso no estaba acostumbrado a tomar transporte público. Los traslados los hacía en la bicicleta o en el auto de su padre, que ahora no tenían. Eran pasadas la una de la tarde cuando compró el boleto del Metro en la estación Chilpancingo. El lugar estaba atascado de vendedores. Le dijo a la mujer que le vendió el boleto que hoy era su cumple. Ella no cambió la expresión en su rostro. Llegó a la estación San Cosme. Caminó hasta llegar a una calle perpendicular donde encontró los baños; no tenían ningún letrero en la parte de afuera. El hombre de la entrada le preguntó que a dónde quería ir. Lumerso no supo qué decir, respondió que al vapor.

—Son dos, ¿general o individual? —preguntó el hombre con un mal tono.

Lumerso no sabía si era él o todo el mundo estaba de mal humor. Ya nadie le sonreía como antes. Él nada más quería conocer el lugar. Decidió entrar al general. Era un lugar viejo. Descuidado. Hombres caminaban cubiertos con una toalla blanca amarrada por la cintura. Desfilaban en un pasillo mojado y sucio. Subió a un recinto donde esperó hasta recibir un cuarto tamaño celda. *Sería horrible morir en un lugar así y quedarse encerrado para siempre*, pensó. Los cuartos eran del tamaño de una fosa, no tenían corriente de aire o ventanas. Después de unos cinco minutos, decidió salir con la toalla amarrada al igual que los demás. Sintió las miradas encima de él.

Lumerso era delgado, pero tenía los músculos marcados. La cabellera la llevaba larga. Una barba cerrada lo hacía lucir más varonil. Los demás notaban que nunca antes había estado ahí. Siguió caminando hasta encontrar un vapor grande, otro mediano y un último, más pequeño, que no supo para qué era. Entró al grande que olía a las hierbas que utilizaba la abuela Victoria para sus problemas respiratorios. No podía ver nada. Un hombre moreno estaba acostado bocarriba. Otro, hincado en el suelo, haciéndole sexo oral. Un fuerte humo de vapor salía por una tubería a un costado. Otro hombre delgado, de piel blanca, masturbaba su órgano viéndolo todo con morbo; la acción le dio asco. Quiso actuar *cool*. Se removió la toalla. El hombre delgado intentó agarrarle el pene. Lumerso le quitó la mano de encima. Se levantó para investigar el otro vapor. La temperatura estaba a más de cincuenta y un grados. El calor le cayó bien. Esta vez no se quitó la toalla. Se colocó frente a la caldera para sentir cómo el calor le bañaba el cuerpo. Le abría todos los poros.

Disfrutó sintiendo que su cuerpo comenzaba a sudar. La cara se le tornó roja. Escuchó a alguien llamar su nombre.

—¡Lumerso! —dijo la voz.

A pesar del calor los músculos de Lumerso se congelaron. No tenía la menor idea de quién le hablaba. La voz volvió a decir su nombre. Era Enrique, la única persona que entre más de veinte millones de habitantes jamás pensó encontrarse allí. Él se le acercó. Era escuálido, pero seguía siendo fuerte y varonil. Unos nuevos bigotes lo hacían verse mayor. Lo abrazó preguntándole por qué diablos se marchó sin despedirse, pero a la chingada, qué bueno era el destino que los hizo reencontrarse. Lumerso quiso que la tierra se abriera en ese momento y se lo tragara, que terminara con él de una vez por todas. Nunca pensó encontrarse a nadie conocido en ese lugar, mucho menos a Enrique. No entendía al universo. ¿Por qué le hacía esas jugadas? Lumerso lo escuchó. No quiso decir nada. Enrique lo agarró del brazo como lo hizo cantidades de veces en el pasado. Lo llevo al lugar más pequeño. Una pequeña corriente de vapor salía por el piso a través de unas viejas hojas de eucalipto. Una luz entraba al abrirse la puerta. Enrique la tiró con rapidez, pero no logró cerrarla por dentro. Lumerso pensó en darle un puntapié en los testículos tal y como lo planeó infinidades de veces. La puerta se abrió. Entró un hombre. Lumerso sonrió. Volteó de frente a Enrique, quien lo tenía de espaldas. Era Edgar. Lumerso quedó incrédulo ante su presencia. Después de todo, el universo no le había jugado sucio. Edgar entendió que Lumerso estaba ocupado, abrió la puerta para salir.

—¡Ayúdame! —gritó Lumerso en un tono desesperado.

Edgar lo jaló por el brazo diciéndole que fueran a otro lugar. Enrique golpeó a Edgar en la cara para que se largara. Lumerso finalmente le dio una buena patada a Enrique en los testículos. Enrique cayó al suelo. Un hombre que iba entrando corrió a llamar a los de seguridad. El cuerpo de Enrique se retorcía. Lumerso y Edgar salieron corriendo del vapor. Se encerraron en un baño. Nadie los vio salir o entrar. Edgar preguntó que si tenían cámaras en ese sitio. Lumerso respondió que era la primera vez que estaba ahí. Cuando dos vigilantes y un hombre vestido de blanco se acercaron a Enrique, él no quiso decir nada. Se levantó. Esperó a Lumerso y a su amigo frente a los vestidores. Ninguno salió. Se quedaron encerrados en el baño por más de una hora.

—¡Nuestro destino es reunirnos en lugares públicos! —exclamó Edgar muerto de risa.

Lumerso también se carcajeó. Estaba feliz de verlo. Le dijo que ese día era su cumpleaños y encontrárselo fue el mejor regalo. Edgar le preguntó que quién era ese tipo. Lumerso respondió que era una larga historia, que no valía la pena. Eran las cuatro de la tarde cuando salieron. Edgar dijo que se moría de hambre. Quería invitarlo a un lugar especial donde pudieran celebrar. En la calle, frente a los baños, Enrique los esperaba. Los miró intensamente, siguiéndolos con la vista. Edgar tenía el auto estacionado a dos cuadras. Antes de llegar al estacionamiento sintió un golpe por el cuello. Lumerso volteó y le asestó un golpe en la nariz. Enrique era menos esbelto. Edgar tenía cuerpo de gimnasio, era musculoso y fuerte. Él continuó golpeándolo hasta que apareció una patrulla con dos policías. Edgar quiso correr, pero un policía lo siguió hasta atraparlo. Lo esposó. El otro ya tenía a Lumerso esposado. Enrique había quedado inconsciente en la banqueta. Subieron a Edgar y Lumerso a la patrulla; terminaron en el Ministerio Público.

—Siempre nos tocan espacios cerrados —dijo Lumerso esta vez más serio.

Los encerraron por tres días hasta que Julieta y la madre de Edgar fueron por ellos. Hablaron mucho. Se contaron lo difícil que fue para Edgar haberse ido. Lumerso le contó lo ocurrido en Cuernavaca y quién era Enrique. Edgar sintió dolor por haberlo abandonado.

—Quizás nada de esto hubiera ocurrido si hubiésemos arreglado las cosas —dijo Edgar sin pensarlo.

Las caras de Julieta y la madre de Edgar no eran precisamente de felicidad. Edgar, al subirse a la camioneta de su madre, vio cómo Julieta y Lumerso esperaban cerca al pesero. Su madre se rehusó a llevarlos. Julieta dijo que tuvieron suerte, que el tal Enrique era casado. Tampoco quiso acusarlos de nada; además, nadie en la cuadra vio nada.

—Tuvieron suerte esta vez —reiteró su hermana.

Lumerso quiso agarrar su mano para expresarle lo agradecido que estaba, pero la mirada de Julieta lo atemorizó.

Capítulo XVI

Colonia Condesa, 2003

Ese día Josefina estaba emocionada. No veía a su madre Victoria desde hacía más de quince años. Se había marchado del país rumbo a Toronto. Entre postales, cambios de teléfonos, direcciones, ya no conocía el paradero de ella, y menos cuáles eran sus últimas aventuras. Lumerso tampoco conocía mucho de su abuela, con la excepción de las fotografías de joven que conservaba su madre sobre el buró. Josefina hablaba poco de ella. No entendía por qué se marchó a buscar un amor fuera de México, cuando los hombres más románticos estaban en el país. Victoria seguía un sueño, un amor imposible, pero después de todo: un amor. Josefina estaba cansada de escuchar de quién se enamoraba cada vez. Cada semana o mes era un galán diferente. Después de un tiempo dejó de preguntar. El último paradero de su madre fue Nueva Zelanda y ahora la sorprendió cuando le dijo que volaba desde Sídney. Ya no sabía cómo disimular ante Ignacio el estilo de vida de su madre.

La semana pasada llevaron a Julieta al aeropuerto. Hoy estaban recogiendo a la abuela. Todos subían constantemente a aviones y Lumerso los veía desde lejos. ¿Cómo era posible que nunca lo hubieran subido a un avión? Ya estaba cansado de las falsas promesas de su padre, que algún día irían a Orlando o al dichoso Magic Kingdom. Jamás los conocería. Puras mentiras.

Ignacio los dejó en la entrada de arribos internacionales mientras él fue a estacionar el vehículo. Lumerso le preguntó a su madre cómo reconocería a la abuela, si de seguro estaba mucho más grande que antes. Josefina contestó que esas cosas una las sabe. Las personas envejecen, engordan o enflaquecen, pero su esencia siempre está allí; es debido a ello que las reconocemos, fue su explicación. Lumerso se quedó pensando en las palabras de su madre; así recordaba él a su perro Oliver, como si siempre estuvieran juntos.

Antes de que regresara Ignacio de estacionar el coche, una mujer delgada de cabello dorado apareció con un sinfín de maletas. Lumerso pensó que todo eso no entraría en el carro. Josefina mostró expresiones en el rostro que Lumerso nunca vio en su madre. Se abrazaron y saludaron diciéndose lo bien que se veía cada una. Lumerso sabía que estaban mintiendo; la gente siempre comentaba eso, pero la realidad era otra. Estaban más viejos, gordos, flacos, etcétera. La abuela Victoria era alta, tenía la piel marchita y, a pesar de su cabello dorado, estaba acabada. Lumerso la saludó de mano, no reconocía a esa mujer. Ignacio dijo que además del carro, tendrían que pagar por un taxi. Estaba molesto. No hubo necesidad de haberse estacionado. Regresó por el auto. Un maletero los seguía, ayudando con el equipaje. Siguieron alabándose hasta que la abuela preguntó por Julieta. Josefina respondió que era mejor que estudiara fuera de México, eventualmente se podría casar con un buen partido. Lumerso observaba cada movimiento de la abuela; pensaba que se parecía a ella. Quería hacerle preguntas: ¿qué había hecho durante todo ese tiempo?, ¿por qué nunca más visitó a su madre? Ahora la abuela regresaba con todo ese equipaje para comenzar de nuevo en un país que ya no conocía. Sintió pena por ella. Seguro alguna tragedia tuvo que haberle ocurrido, concluyó Lumerso.

Quedaron paralizados en el tráfico del sábado. Lumerso observaba si aún el taxi los seguía detrás. Ignacio no confiaba, pensaba que el taxista en cualquier momento haría un giro y escaparía con el equipaje. Ellas debieron haberse ido juntas con el taxista, insistía Ignacio, pero la abuela dijo que a ella no le ocurrían ese tipo de cosas. Lumerso miraba a través del cristal mientras que su padre husmeaba por el retrovisor. Después de casi una hora de camino, Ignacio comentó que ya hubieran llegado a Cuernavaca. Lumerso no entendió, pero le gustó el sonido de ese nombre. Después de un poco más de dos horas de viaje, el taxi se estacionó frente a la casa.

Habían cambiado la recámara de Julieta. Una cama matrimonial ocupaba el lugar de la otra. Todos ayudaron con el equipaje. La abuela se instaló a tomarse un güisqui, que, según decía ella, era lo mejor para el *jet lag*. Aparentemente eso nunca se le quitó.

Lumerso preguntó inmediatamente qué era el *jet lag*. La abuela explicó que era el cambio rápido de horario de un país a otro. Lumerso no comprendió lo que quiso decir. Imaginó cómo la gente podía cambiarse de un país a otro, en vez de quedarse ahí y seguir en el mismo horario sin ser afectado por ese tal *jet lag*.

Jimena tenía la mejor energía. Acababa de preparar una buena comida mexicana para darle así la bienvenida a la abuela Victoria. Había encontrado unas nueces frescas para preparar unos chiles en nogada, una cochinita pibil y un pastel azteca. La abuela Victoria estaba feliz. La botella de güisqui ya iba por la mitad. Ignacio sacó una botella de Don Julián y se sentó al pie de la mesa.

—Por la abuela Victoria, una mujer de mundos —dijo Ignacio con mucha pasión. Nadie sabía si estaba siendo sarcástico o genuino. Lumerso probó un poco de tequila, pero le pareció espantoso el sabor. No entendía por qué los adultos insistían en tomarla.

Después de la gran comida, la abuela quiso caminar un rato. Josefina le pidió a Lumerso que la llevara por el parque, que le mostrara la manera en que la gente paseaba a sus perritos en la colonia. Todo era muy a la europea o como si vivieran en la parte este de Nueva York. Caminaron por la avenida Ámsterdam hasta la avenida Michoacán. La abuela Victoria estaba sorprendida por la cantidad de cafés, restaurantes, perros que ahora sofocaban la Condesa. Cuando ya iban de regreso, Lumerso se quedó mirando a la abuela que se veía cansada.

—Sabes que soy gay —dijo Lumerso con mucha seguridad.

Victoria respondió que no sabía, pero que eso no era nada de malo. Que las personas nacen de esa forma y luego pueden hacer cualquier cosa con sus vidas. Le explicó que muchas personas en el mundo lo eran: Miguel Ángel, Leonardo Da Vinci, Oscar Wilde y muchos más que no recordaba en ese momento. Lumerso no tenía la menor idea de quiénes eran esos. Confesó que lo obligaron varias veces a ir al psiquiatra; además, le dijo que se sentía solo, que nadie lo entendía, solamente su amigo Edgar, pero que le daba asco haber nacido así.

—Así nada —cortó abruptamente la abuela Victoria—. Eres gay o, mejor dicho, homosexual.

Una mujer que caminaba con sus dos perros salchichas la miró aterrada.

La abuela Victoria siguió platicando, que ella tenía muchos amigos gais, que en Camberra hacía fiestas solamente para invitarlos. Le encantaba juntarse con ellos debido a que eran personas muy divertidas, pero, mejor aún, tenían un gusto exquisito. Siguieron platicando hasta abrir el portón de la casa. La abuela se fue a dormir.

La abuela Victoria llevaba pocos días en la Ciudad de México cuando descubrió que todo le molestaba. Mantenía una tos seca que no se le quitaba con nada. Los médicos le habían puesto un tanque de oxígeno para poder respirar por las noches. Lumerso se la pasaba en el cuarto con ella. Algunas veces, cuando los días estaban despejados, salían a caminar por el parque, pero luego la tos empeoraba. La fetidez proveniente del parque la ponía peor. Josefina vivía angustiada. Ignacio preguntaba por qué no se quedó por allá, en vez de venir a mortificarlos. Hablaban de la posibilidad de internarla. Le aterraban los vendedores de los parlantes, no entendía por qué tenían que pasar todo el tiempo. Lumerso la escuchaba. Le alimentaba las cremas raras que preparaba Jimena. Escuchaba las historias de François, Henry, Vermont y otros tantos amantes que tuvo por el mundo. Le contó la historia del por qué se fue de México. Lumerso no se cansaba de escuchar a la abuela Victoria. Las historias llevaban un paralelismo con la vida que él soñaba tener.

Cuando la abuela Victoria tenía veintinueve años salió embarazada de Carlos. Él estaba comprometido, pero tuvo que disolver el compromiso para casarse con ella. Nunca la amó. La vida era una pesadilla para ambos. Compraron un departamento por la colonia Roma y ahí estuvieron viviendo por doce años hasta que unos asaltantes entraron a la casa y mataron a Carlos de un tiro. Durante varios años vivió allí con Josefina, hasta que ella se fue a estudiar. Recobró su libertad. Conoció a Gilberto, a quien amó ciegamente, él también la amó. Un día llegó a casa lleno de hombría mexicana; le suplicó que jamás se cortara el cabello. Victoria usaba un cabello rizado, largo y color café. Al día siguiente fue al salón de belleza y regresó con cara de soldado novicio. No soportaba que nadie le dijera cómo vestir o qué hacer con su vida. Gilberto tomó las maletas ese mismo día. Nunca más se supo de él. Ella también tomó la decisión de irse, de partir a otro lugar. Quería ser la mujer libre que siempre deseó ser. Vendió el departamento de la Roma. Conoció a Pier, un canadiense, en una barra del centro. Cuatro semanas después, se mudó con él a Canadá. Josefina ya había conocido a Ignacio. Acababan de casarse. Fue así que comenzó la vida de la abuela Victoria fuera de México. Lumerso, entre toses y tragos de agua que coloreaba con güisquis, escuchaba incrédulo las historias de la abuela. A la una de la tarde comenzaba la maratón de telenovelas. Lumerso cerraba las cortinas. Veía una que otra sin prestarles atención. Pensaba si quedarse acostado en la cama, cerrar los ojos, era la mejor forma de morir.

Un doce de marzo del 2005, la abuela Victoria falleció. Lumerso lloró como nunca. Durmió en la cama que ella ocupaba. Había ido a la escuela como todos los días. Al regresar preguntó a su madre y a Jimena si le dieron de comer a la abuela porque él no lo hizo antes de irse. Subió de inmediato a la recámara con una charola con crema de frijol y un vaso con jugo de zanahoria. Sacó la botella de güisqui y le colocó unas gotas. Abrió la puerta. La vio dormida. Quiso abrir la ventana, intentó despertarla, pero no pudo. Lumerso se sentó a su lado. Probó el jugo. No entendía cómo le podían gustar a la abuela esas mezclas tan raras. Lloró por un largo rato. Prendió la tele. La telenovela "El amante de María" acababa de comenzar. Luego salió del cuarto y gritó:

—Mamá, la abuela murió.

Josefina y Jimena salieron corriendo, tirando trastes en la cocina. Los ojos de Lumerso estaban hinchados. Se había cansado de llorar. Josefina lo abrazó, pero no logró soltar una lágrima.

Capítulo XVII

Colonia Roma, 2012

Lumerso salió cansado de la central camionera. No veía a Genaro desde aquella vez que lo llevó a comer tacos y luego al hotel. La vida parecía filtrársele por un colador, pero por un solo canal sin acabar en ningún lugar. Lo lineal le aburría, le desesperaba la monotonía de la vida, de esta vida que él mismo eligió. Ese sábado se acostó en la cama a explorar la página de *Manhunt* en el celular. La carrera en el Tecnológico parecía estar cada vez más lejana de su realidad. El tiempo le sobraba. Salía del trabajo sin saber qué hacer o a dónde ir. La membresía para el club de natación estaba cancelada. La bicicleta seguía detenida por el banco. Julieta perdió las esperanzas de recuperar computadoras, celulares o cualquier otro objeto embargado. No quedaba más que encerrarse en casa. Josefina no era compañía. Se pasaba los días enteros en la oscuridad viendo la televisión apagada. Le molestaba cuando Lumerso la encendía. Julieta había perdido su luz. No tenía novio. Los planes de Josefina quedaron encerrados en un vacío. Julieta estaba cada vez más gorda. Acabada. Lumerso tampoco hizo ningún amigo cuando estuvo antes en el Tecnológico. Los pocos amigos de la preparatoria migraron a otros lugares de México o a Estados Unidos. Uno que otro le mandaba una solicitud por el Facebook, pero él las eliminaba. Le daba vergüenza su vida. Mientras ellos se tomaban *selfies* esquiando o en el Magic Kingdom; él quedó estancado en una vida que rehusaba a comprender. Luego de seguir viendo una lista de perfiles de hombres en *Manhunt*, lo sorprendió un mensaje de texto:

"*¡Hola!*".

No reconoció de quién era. Quiso bloquearlo. Abrió de nuevo la página de Facebook. Quiso escribir en su muro lo aburrida que era su vida. Otro mensaje lo volvió a interrumpir:

"*Me gustaría verte. Tengo una propuesta, ¿¿¿¿te interesa????*".

No reconoció el número. Cuando estaba a punto de bloquearlo, llegó otro mensaje:

"*Soy Genaro. ¿Me recuerdas?*".

Lumerso se enfocó en el dolor que lo mantuvo despierto por una semana. Quiso bloquearlo, decirle que era un depravado sexual, un asqueroso enfermo mental, pero no escribió nada de eso. Decidió contestarle:

"*¿qué onda...?*".

Genaro no respondió por diez minutos. Lumerso pensó que seguro quería hacer lo mismo. Quedó esperándolo. El dinero no le caería nada mal ya que no cobraba la quincena hasta el próximo sábado. Genaro le pidió fotos desnudo: de frente y de espalda. Lumerso las envió. El celular lo había comprado en la calle. No era nada bueno. Las fotografías demoraron un tiempo en enviarse. Después de veinte minutos, Genaro respondió:

"¿Puedo hablarte?".

Segundos más tarde, Genaro estaba en el celular. Dijo que le pagaría unos tres mil pesos, pero que tendría que hacerlo con varios, quizás hasta dos o tres a la vez.

—¿Todos la tienen como tú? —preguntó preocupado Lumerso.

Genaro respondió orgulloso que no, que nadie la tenía como él. Lumerso no quería comprometerse para luego arrepentirse. Le hizo algunas preguntas. Aún no estaba convencido, pero quedaron de verse en una plaza en la avenida Reforma en un par de horas. Pasadas las diez de la noche, Genaro ya lo esperaba. El café estaba lleno. Únicamente había una silla para Lumerso. Genaro le ofreció un helado. Dijo que eso era la mejor alimentación para antes y después del sexo. Tenía azúcar, así que te daba energía sin la necesidad de comer nada pesado. Lumerso respondió que estaba bien, que venía cenado. Todo le molestaba de ese hombre. Representaba un mundo que no lograba entender; sin embargo, parecía acercársele cada vez más. Quería correr como lo hizo durante las terapias con el siquiatra. Huir en ese momento era huir de su propio destino. Genaro lo miraba con lujuria. Parecía no importarle la cara atormentada de Lumerso. Genaro repetía que la iba a pasar como nunca. Lumerso no escuchaba, observaba una mesa con unos chicos gais riéndose a carcajadas y vestidos a la moda. Él, sin embargo, vestía unas mezclillas manchadas, una playera blanca y unos tenis sucios. No entendía por qué se encontraba de nuevo frente a ese hombre. Solamente verlo le causaba repulsión. Llegó a pensar que no era la necesidad económica sino un extraño placer lo que le atraía de él. Genaro terminó explicándole con cláusulas verbales. Lo único que le faltó fue presentarle un contrato por escrito. Todo estaba dicho. El dinero lo recibiría al entrar al sótano, pero no antes. Podía utilizar *poppers,* marihuana o cualquier otra sustancia que él deseara. Él llevaría todo lo necesario. Preguntó si estaba limpio. Lumerso respondió que acababa de tomar una ducha. Genaro lo miró desconcertado. No quería accidentes en el medio del acto. Le recomendó que se bañara de nuevo y que se hiciera lavados. Lo esperarían en la dirección que le entregaba a cinco minutos antes de la medianoche.

A esa hora Lumerso los esperaba frente al lugar que le indicó Genaro. Cargaba la mochila con algunas pertenencias: sandalias y un calzón de seda que tuvo que comprar como lo pidió Genaro. Le dio un beso a su madre antes de irse. Le envió un texto a Julieta para decirle que no regresaría hasta el día siguiente.

La Casona era un lugar misterioso. No tenía ningún número en la parte de afuera. Los vidrios de las ventanas estaban pintados de negro. Un foco de luz blanca alumbraba una pequeña puerta oscura. Genaro tocó el interfón por unos segundos hasta que la puerta se abrió. A Lumerso le pareció extraño que tuvieran que subir escaleras. Pensó que el lugar estaría en la casa donde tocaron el timbre. Al llegar al descanso de las escaleras, otra puerta se abrió sola. Un guardia con cara sonriente los recibió. La entrada era como un puesto de vendimias. Vendían preservativos, lubricantes, látigos de cuero, cigarrillos, cervezas, calzones, sostenes y pantaletas. Genaro le preguntó a Lumerso si necesitaba algo. Lumerso negó con la cabeza. Le pidieron el IFE para corroborar que era mayor de edad. Genaro entró sin enseñarla. Tres hombres los esperaban sentados en una pequeña sala. Lumerso los saludó fríamente. Las miradas de los hombres eran como de perros al encontrarse un pedazo de carne. Pudo sentir cómo se salivaban. Lumerso se removió la ropa hasta quedarse con el calzón. Lumerso no era bajo, pero tampoco alto, tenía la espalda marcada de músculos y las piernas gruesas. Llevaba el interior de seda blanco con rayas azules que cubría los laterales. No tenía sentido. Todo quedaba al descubierto. Le entregó la mochila al hombre sin cejas que estaba detrás de las rejas de la recepción. Él le devolvió un boleto que necesitaría después para reclamar pertenencias; de lo contrario, se iría desnudo. Lumerso asintió. Bajaron y subieron escalones, atravesaron un pasillo, luego otro, hasta reaparecer en un espacio abierto. Era la terraza. Pasaron luego por un baño, donde le preguntaron a Lumerso si quería entrar antes de ir al sótano. Lumerso negó, dijo que estaba bien, que ya había ido. Uno de ellos le dio una fuerte palmada en las nalgas. Le agarró la flácida verga. Los nervios sacudían a Lumerso.

—Menos mal que no la vamos a utilizar —dijo el hombre, soltándole el pene.

Pasaron por pasillos y cuartos sin luces. Hombres de todas las edades salían y entraban de las habitaciones. Lumerso sintió pavor, ¿Cómo diablos llegó a ese punto en su vida? Otro que subía le estrujó de nuevo el pene. Lumerso no podía creer que en la Ciudad de México existiera un lugar así. Siguieron caminando hasta llegar a unas elegantes escaleras. Era un espacio abierto y cómodo. Un juego de cuero adornaba la sala. Hombres desnudos mamaban penes, otros gozaban penetraciones, otros solamente observaban mientras se masturbaban. Lumerso pensó que quizás le gustaría observar. No quería coger con uno de estos que no conocía. Pensó en subir las escaleras y largarse de ese lugar. Siguieron bajando hasta llegar al sótano. Genaro sacó tres mil pesos en seis billetes de quinientos y se los entregó a Lumerso. Él no sabía qué hacer con el dinero. No tenía dónde guardarlo. Pensó en las calcetas. Lo colocó en el medio de la planta del pie. Entraron. Genaro llevaba una bolsa con dildos, *poppers*, lubricantes y hasta una caja de primeros auxilios. Le dio dos pastillas a Lumerso sin explicarle para qué eran. Lumerso las empujó como pudo con un trago de tequila. El hombre chaparro se agachó como un cerdo para morderle el calzón a Lumerso. Lo estiró, pero no logró romperlo. Lumerso recibió un latigazo. Eso no era nada comparado con lo que luego sentiría. El otro decidió romper el calzón. Lo tiró al suelo. Genaro amarró a Lumerso por los brazos y piernas y lo colgó. Lumerso quedó boca abajo. El chaparro seguía chupándolo como un becerro, buscaba una erección. Lumerso no respondía. Genaro comenzó a lubricarlo. Otro fue por los labios. Lo lamía. Le jalaba el pelo hasta meter la lengua dentro de la boca de Lumerso. Fumaron marihuana. El chaparro se llenó la boca con el humo de mota. Luego puso sus labios en el pene de Lumerso. Después inhaló el líquido mágico, como lo llamaba Genaro. Lumerso sintió perderse.

Dejó de ser él. Sensaciones desconocidas lo estremecían. Entregó su cuerpo para que hicieran de él lo que quisieran. Otros llegaron a ver, pero nadie más podía tocarlo. Genaro fue el primero en penetrarlo. El enorme pene le entró a Lumerso como si un cuchillo le partiera el cuerpo. Genaro gritaba, gozaba. El cerdo chupaba el pene ahora erecto de Lumerso. El otro subió encima de él. Le dio más hierba para fumar. Lumerso continuaba en éxtasis. Había entrado en trance. Pensó que lo poseían demonios o ánimas vengativas; alguien que no podía ver, pero sí sentir. Creía ver entidades esperando por él. Hace unas horas estaba en su casa aburrido sin nada qué hacer. Ahora estaba ahí, sirviéndole a estos hombres, por la cantidad de dinero que guardaba en la plantilla del pie. Lumerso no sintió dolor. Las drogas lo controlaban. El cuerpo lo sentía relajado, abierto, como si fuera prestado. Los demás seguían gozándolo. Uno le hizo tragar su semen. Los otros dos se vinieron dentro del ano. Genaro le cubrió la espalda con semen. Lumerso permaneció ahí, acostado. Tampoco sabía las veces que el cerdo lo había hecho venirse. Estaba inconsciente. Los que pagaron comenzaron a salir. Otros entraron para gozarlo sin que él se enterara. Lumerso logró despertarse después de las diez de la mañana. Wilfredo lo encontró amarrado. El lugar estaba vacío. Sintió pena por el muchacho. Se preguntaba qué cantidad le estarían pagando para dejarse hacer esas cochinadas. «El dinero hace todo en este país», era lo que repetía constantemente Wilfredo. Lumerso abrió los ojos. Vio a un hombre canoso terminándolo de desatar. Preguntó por su ropa.

—Allá puedes lavarte. Tu ropa está arriba —dijo Wilfredo con desgane—. ¿Tienes el boleto? —le preguntó.

Lumerso recordó que lo había guardado junto al dinero en el calcetín izquierdo. No podía caminar. Las piernas le temblaban. No sentía los brazos. Agradeció a Wilfredo por quitarle las sogas.

Era una admirable mañana de domingo. La ciudad estaba vacía. La Colonia del Escandón estaba limpia de vendedores ambulantes. Un cielo azul abrigaba la ciudad. Un par de nubes se despedían a la distancia. El sol tomaba su tiempo en llegar a lo alto. Lumerso no vio nada de eso. Estaba cansado, aturdido, desorientado. Le dolía cada diminuto músculo de su cuerpo. No sabía qué camino tomar. Recordó que ya no vivía en la Condesa. Lo mejor hubiera sido haberse quedado en casa, en vez de haber contestado ese mensaje. Tenía dinero, pero trabajar de esa manera lo mataría de un día para otro. Olía a todo. Daría cualquier cosa por tomarse un baño. Sintió vergüenza de regresar a casa. ¿Con qué cara vería a su madre o a su hermana después de lo que había hecho? Ya no era Lumerso De la Torre, era otro hombre, otro que él mismo también desconocía. Cuando quiso cruzar la avenida Patriotismo escuchó que un chico le habló. Le gritó varias veces. Lumerso lo ignoraba. De pronto, el chico se puso frente a él.

—Soy Erick, ¿tan temprano un domingo?

Lumerso lo escuchaba, pero cada palabra era un nuevo puntapié en la cabeza. Erick no paraba de hablar. Decía que lo botaron de un antro por haberse quedado dormido en la letrina. Seguía platicando de todo lo que había hecho la noche anterior. No se comparaba con lo que Lumerso experimentó. Hasta que escuchó:

—…y luego terminé en La Casona.

—¿Estabas ahí? —preguntó Lumerso.

Lumerso trató de recordar algunas caras, pero eran más de cien hombres en aquel lugar. De todos los tipos: grandes, chicos, flacos, gordos, blancos, morenos. Jamás podría recordar el rostro de nadie, aunque lo tuviera frente a él. Finalmente, Erick dijo:

—Yo sí te recuerdo a ti; eras el chico del sótano, de los que llegan después de la medianoche. Yo lo he hecho varias veces, pero demoro semanas en recuperarme. Erick continuó contándole que era lo peor que uno podía hacer por tan poco dinero, que él cobraba cinco mil, pero ya no le hablaban porque dictaba sus propias reglas. Lumerso no podía creer lo que escuchaba.

—¡Vamos por una birria! —continuó Erick sin parar de hablar.

Comieron y platicaron acerca de todo lo que les gustaría hacer con sus vidas, aunque Lumerso pensaba que por lo pronto tendría que seguir en lo que estaba metido. Erick dijo que vivía en un cuarto de azotea por la Colonia Juárez, y que si quería podrían ir a dormir allá.

—¡Nada de sexo! —exclamó Lumerso.

—Nada —respondió Erick.

Parecían no tener secretos. Se conocían tal cual. Ninguno tenía dinero, ni ropa de marca con que presumir. A Lumerso le llamó la atención el chico sin prejuicios. Durmieron hasta bien entrada la noche, cuando a Lumerso lo despertó su celular. Era Julieta. Platicaron por unos minutos y él le dijo que no regresaría hasta mañana. Erick besó a Lumerso en los labios. Ninguno quería nada más. Se quedaron dormidos de nuevo. No despertaron hasta el día siguiente, cuando Erick recordó que tenía que ir a recoger el taxi con el que trabajaba.

—¿Nos vemos luego? —preguntó Lumerso.

Erick observó las ojeras marcadas de Lumerso, quiso preguntarle hasta qué hora estaría en la central camionera, pero él se le adelantó diciéndole, que ya no iba regresar. Una semana después fue por el último cheque. La secretaria respondió que no tenía ninguno para él, por haber abandonado el trabajo sin previo aviso.

Capítulo XVIII

Washington, D.C., 2002

La madre de Edgar se levantó temprano. Santiago, su esposo, ya tenía más de un mes viajando por los Estados Unidos. Algunas veces pasaba hasta meses sin regresar. Magdalena y Edgar ya estaban acostumbrados a la ausencia de Santiago. El negocio de ventas de productos farmacéuticos seguía funcionando espléndidamente, a pesar de la difícil situación económica que enfrentaba el país. Los viajes de Santiago eran cansados, pero brindaban una vida cómoda, tanto para él como a su familia.

Magdalena, con los brazos cruzados, observaba inquieta a Edgar en la cocina; no encontraba la mejor manera de decírselo. Sonia, la empleada doméstica, se había ido a la azotea a tender una ropa. Magdalena lo miró comerse unos huevos a la mexicana casi sin detenerse a respirar. Cuando Edgar estaba a punto de morder el último pedazo de tortilla ella le habló:

—Te irás a Washington con tu tío Guillermo.

—El último bocado casi se le atora en la garganta. Tomó un trago de leche. Edgar se levantó tirando los trastes al fregadero. No quiso responder algo de lo que luego podría arrepentirse. Salió. Estaba iracundo. Cada vez que ocurría alguna cosa en la escuela o en su vida, lo querían enviar como un paquete de correspondencia a casa de otro familiar. Por el disgusto anterior, que ya ni siquiera recordaba, lo quisieron mandar a Chihuahua, con Aurora, la hermana de su padre. Ella no aceptó tal responsabilidad. Ahora su tío era diplomático de alto rango. Desde que a Guillermo lo nombraron embajador de México en Estados Unidos, lo fueron a visitar en tres oportunidades. La primera fue para la comida de Acción de Gracias; luego para las fiestas decembrinas, cuando apenas acababa de mudarse; después regresaron para visitar la hacienda de George Washington, para continuar luego en un viaje de tres días a Nueva York. Lo obligaban a visitar universidades, querían que se entusiasmara a estudiar una carrera en la ciudad capital. A Edgar simplemente no le gustaba Washington, D.C. Le cansaba visitar construcciones heladas y museos que no parecían acabarse. Le gustaba el zoológico nacional, pero nunca lo visitaron en el verano, la única época en que hubiesen podido recorrerlo completo.

Edgar salió de casa en la bicicleta, vio a Lumerso en el medio del camellón. Decidió irse por la banqueta. Lumerso se había sentado en otro pupitre. No se saludaron como lo hacían todos los días. Los separaban cuatro pupitres de distancia. Al sonar el timbre del receso, Lumerso salió apresuradamente. Edgar se quedó terminando una lectura para la próxima clase. No podía concentrarse. Quería contarle todo a su mejor amigo, pero seguro iba a proponer alguna calamidad como mudarse los dos a Cancún. Sacó una manzana y una chapata que le colocó su madre en la mochila. Después de media hora, Lumerso regresó. Se sentaron un rato juntos sin hablar. Al sonar el timbre, Lumerso regresó al mismo asiento donde estuvo antes.

Esa misma tarde Edgar encontró a su madre esperándolo en la sala.

—Partirás dentro de tres semanas —dijo Magdalena autoritariamente.

Edgar entró a la recámara. No salió hasta después de las nueve de la noche. Sonia se había cansado de esperarlo. Comió rápidamente un picadillo con arroz y una ensalada de betabel. Cuando ya estaba a punto de regresar a la alcoba, su madre lo alcanzó.

—Es por tu propio bien... Ese muchacho te va a hacer "jotito" como él.

El haber llamado jotito a su mejor amigo, fue lo peor que su madre pudo haber dicho.

—No somos jotitos, somos gais —gritó Edgar con toda su ira. Magdalena no esperó a que Edgar reconociera que también estaba enfermo. Lo siguió al cuarto, pero Edgar le azotó la puerta en la cara. La cerró por dentro. Se quedó encerrado hasta el día siguiente.

Magdalena no dijo más del asunto ni Edgar quiso preguntar. Siguió asistiendo a la escuela esperando que todo llegara a una resolución amigable que no involucrara envíos nacionales o internacionales. La idea de irse a un país que no le gustaba, además de tener que estudiar en otro idioma que no fuera el suyo, le enfermaba el alma. No necesitaba salir de México para arreglar la dichosa crisis de identidad de la que hablaba su madre.

Una noche, después de la cena, Lumerso llegó a casa de Edgar sin avisar. Magdalena corrió para no dejarlo entrar, pero Edgar se interpuso y lo invitó a tomarse una naranjada. Edgar lo observaba como tratando de memorizar cada uno de sus rasgos. Vio los ojos tristes de Lumerso y una sonrisa que le deslumbraba cada vez que la veía. Pensó en decirle que lo amaba, que serían una pareja cuando fueran grandes, pero la voz de su madre lo interrumpió.

—Si van a trabajar, tienen que hacerlo en la mesa del comedor —gritó desde el pasillo Magdalena. Lumerso y Edgar estuvieron sentados resolviendo unos problemas hasta cercana la medianoche. Edgar escuchaba a su madre sentada frente al televisor. Sabía que veía la televisión sin volumen para escuchar las pláticas. Cuando ya faltaban quince minutos para las doce de la noche, apareció Magdalena murmurando que ya eran horas de dormir. Edgar también decidió que era mejor dejarlo hasta ahí. Pensó que ya no tenía sentido. En pocos días estaría radicado en la casa de su tío. Quería contarle a Lumerso que ya no lo vería en la escuela, que lo amaba, pero, sobre todo, que lo perdonara. No se atrevió. Nada más de pensar que tal vez lo escucharía su madre le hizo sentir pánico.

Edgar continuó asistiendo a clases hasta que un día Lumerso vio a Edgar salir de la escuela con su madre. Nunca antes fueron a buscarlo. Una llovizna comenzaba a despertar. Edgar se mantuvo cabizbajo hasta perderse por el camellón. Edgar insistió en despedirse, pero su madre le prohibió comentarle a

Lumerso o a alguien más que se estaba mudando a la ciudad de Washington, D.C.

Edgar viajó solo. Mexicana de Aviación, por ser menor de edad, lo sentó en primera clase. El viajar solo y haber dejado todo atrás lo llenó de tristeza. Edgar trató de ocultar el llanto que no lo dejaba respirar. Un sol deslumbraba la Ciudad de México. Cerró la cortina de la ventanilla. La volvió abrir. Quería ver dónde estaría la casa de Lumerso. No logró ubicarla. Cerró la cortina de la ventanilla.

Uno de los choferes de su tío lo esperó en el aeropuerto. Era una tarde de otoño y le mostró los primeros días fríos de la ciudad. El Chrysler de color negro tomó la vía corta por la lateral del Rock Creek Park hasta desembocar en la avenida Massachusetts, donde residían la mayoría de los embajadores. Llegaron a la casa, donde lo esperaban tres sirvientes en los jardines. Lo sentaron en una mesa para doce a comerse una ensalada de pollo con apio, manzanas y nueces. Edgar no disfrutó el contraste de sabores. Gisela, la ama de llaves, le mostró la habitación y la biblioteca donde tomaría clases de Inglés con la señorita Charlotte. Edgar no podía creer lo que su madre le hizo. Afortunadamente, a ella no la vería tan seguido como a su padre. Después de que Gisela le mostró la recámara con vista a los jardines de la residencia del vicepresidente, le habló:

—El siquiatra también estará aquí dos veces por semana; pero si quieres todos los días, lo puedo agendar.

La palabra "siquiatra" puso a Edgar en un estado de demencia. Sintió repulsión por sí mismo, por

Lumerso, por lo que hicieron juntos. Se preguntó si ser gay era realmente una enfermedad o una desgracia. Quería desaparecer, reencarnar en otro cuerpo como en los cómics.

La señora Gisela tenía el cabello negro y un lunar blanco que le dividía el cabello en dos partes. Edgar se quedó viéndola hasta que finalmente le dio las gracias por haber sido tan amable con él.

—Me gusta mucho su cabello —dijo Edgar con una pequeña sonrisa.

Le asombró tener una bañera dentro de la habitación. Apagó la luz. Vio a través de la ventana del baño cómo las luces alumbraban con simetría al Capitolio y el resto de los monumentos, de los que ya había olvidado los nombres. Pensó que aquel sería su nuevo hogar y ahora tendría que aprendérselos.

La vida en la casa de la avenida Massachusetts duró muy poco tiempo. Vicente Fox regresó al tío Guillermo al país. La madre de Edgar detestaba la idea de verlo de vuelta en la Ciudad de México y que se diera una reconciliación con Lumerso. Antes que lidiar con eso, decidió que su hijo se quedaría en Washington, D.C. y lo ingresó a un internado en la misma ciudad. Los gastos de Edgar en el exterior dejaban a la familia sin dinero. A Magdalena no le importó comer latas de atún todos los días con tal de ver a su hijo lejos de Lumerso y que terminara una carrera en los Estados Unidos.

Edgar se empezó a acostumbrar a Washington, D.C. Le encantaba lo cosmopolita y bohemia de la ciudad. Tenía amigos de diferentes países del mundo que había conocido en el internado y durante el año que vivió con su tío Guillermo. Los dormitorios adyacentes al colegio le proporcionaban cierta libertad. Podía llegar después de las diez de la noche y los fines de semana salir sin tener que dar ninguna explicación. Durante el último año se postuló para becas en las universidades de Georgetown y George Mason. Ambas lo aceptaron incluyendo becados de colegiatura y dormitorio. Edgar estaba feliz. Ya no tendría que depender económicamente de sus padres. Tomaría un par de trabajos para cubrir el resto de los gastos. Las visitas con el doctor Morrison lo ayudaron a aceptar su propia identidad. Además, que no era ningún enfermizo, como lo catalogó su madre. Nunca habló del tema con ninguno de sus padres. Durante las visitas de Santiago, su padre, las pláticas sobre mujeres se hacían cada vez más escasas. Una noche salieron a cenar antes de que Santiago tomara el vuelo de regreso a México. Durante los años en Washington, D.C. logró acercarse cada vez más a su padre. Disfrutaron lo que nunca hicieron juntos en la Ciudad de México. Fueron a jugar *squash*, corrieron y levantaron pesas. Edgar también lo llevó varias veces al zoológico durante el verano. Ver a un par de pandas devorarse en segundos un kilo de bambúes fue algo que los dos disfrutaron.

—¿Sabes? Yo no tengo problema de que seas gay —expresó su padre, pidiéndole una disculpa en medio del postre. Los ojos de Santiago estuvieron a punto de derramar una lágrima. Una sonrisa iluminó el rostro de Edgar. Santiago le dio una palmadita en la mejilla como lo hacía todo el tiempo cuando su hijo era niño. Después de dejar a su padre en el taxi, Edgar decidió caminar a casa. La noche estaba helada. Edgar vivía a unas cuadras del Capitolio. Una radiante Luna posaba al lado de una deslumbrante Venus. Se sentó un rato a contemplar la cúpula del Capitolio. Pensó en lo afortunado que fue de haber vivido en tan hermosa ciudad. Ahora le gustaría regresar a México, a trabajar en la farmacéutica de su padre. Un chico alto de abrigo largo, que mostraba solamente unas mejillas rosas, le pidió un cigarrillo. La calle estaba desierta. Uno que otro auto transitaba por la avenida Pennsylvania. Edgar respondió que no fumaba, pero un cigarrillo con ese frío no le caería nada mal. Se acercaron a una barra gay que estaba en la siguiente esquina. Un video de Madonna vestida de militar la mostraba cantando *American Life*. Un hombre disfrutaba una cerveza mientras imitaba sus movimientos. Por lo demás, el lugar estaba vacío. El *bartender* se alegró de verlos. Edgar pidió un cosmopolitan y una caja de cigarrillos.

—Soy John y también quiero una de esas —dijo cordialmente el chico.

John nació en el estado de Connecticut. Sus padres eran personas mayores cuando él llegó al mundo. Tuvo la oportunidad de vivir con ellos poco tiempo hasta que fallecieron cuando tenía veinte años. Edgar sintió tristeza por lo que expresaba John, pero él decía que estaba feliz de haberlos conocido, que su vida había sido extraordinaria hasta ahora. Siguieron platicando por un par de horas hasta que a las dos de la mañana cerraron el local. Edgar estaba contento por la aceptación recibida por parte de su padre. Sin saber por qué lo hizo, beso impulsivamente a John.

—¿Es el alcohol hablando? —preguntó John confundido.

—Creo que sí —respondió Edgar entre risas.

Salieron por un taxi. Uno pasó sin verlos. Eran pasadas las dos de la mañana. El Metro trabajaba hasta las doce. No tenían otra manera de llegar a casa que caminar. John comentó que cuando la noche estaba así de silenciosa y no circulaban taxis era porque iba a nevar. A Edgar le causó gracia el comentario. Todo le parecía chistoso. El alcohol lo tenía incoherente.

—Estoy a diez cuadras de mi casa —dijo finalmente Edgar colocándose los guantes y la cachucha. John le amarró el cuello con su bufanda.

—Pero a solamente una y media de la mía —respondió John en un tono competitivo.

Caminaron enérgicamente hasta llegar a la pequeña callejuela de Duncan Place, donde John vivía con tres compañeros. Trataron de no hacer ruido, pero las copas a Edgar se le habían subido a la cabeza. Cuando treparon las escaleras de la vieja *townhouse,* los mejillones que comió con su padre cubrieron los primeros escalones. John lo agarró por la espalda hasta arrastrarlo a la recámara. Lo sentó en un sillón. Cerró la puerta. Regresó a limpiar las escaleras cuando encontró a sus dos compañeros inspeccionando lo ocurrido. A los dos les agradó que finalmente John trajera un chico a casa.

A la mañana siguiente, Edgar seguía medio dormido. Despertó y vio los ojos azules de John contemplándole la cara.

—¿Quieres que me vaya y nunca más regrese? —preguntó Edgar con su impecable inglés.

John no respondió. Lo miró a los ojos. Pareciera que se había enamorado de este hermoso hombre mexicano.

John estaba terminando una pasantía para un senador de Connecticut en el Capitolio. El próximo mes quedaría ya fijo en la nueva posición. Además, con la herencia de sus padres, había comprado un *townhouse* en la calle P en Dupont Circle. John estaba contento de salir con Edgar. Una tarde, después de ir al gimnasio, fueron a cenar a Burrito Brothers. Era un lugar que ambos disfrutaban entre semana. John colocó dentro del burrito un anillo que encontró en una caja de cereal. Era un anillo de aluminio con una piedra roja de vidrio. John pensó que le encantaría a Edgar. Después de una tercera mordida, el anillo cayó en el plato. John se levantó. Se hincó en un pie y le pidió que se mudaran juntos. La cara de Edgar cambió de colores. Había disfrutado el tiempo con John, pero mudarse con él le cambiaba todos sus planes. Edgar vio su cara de felicidad. La sonrisa congelada que mantenía en el rostro, esperando su respuesta. Un hombre sentado a un lado de ellos aguardaba impacientemente el final de la escena antes de rellenar su próximo burro. Edgar lo vio y replicó incoherente:

—Claro que sí.

Sabía que en un par de meses volvería a México para trabajar con su padre. ¿Cómo le iba a decir a John que planeaba regresar a su país? Edgar lo besó tiernamente en los labios. John lo abrazó diciéndole que era todo para él, que iban a ser felices por el resto de sus vidas. Edgar pensó enseguida en Lumerso y se preguntó qué habría sido de su vida.

Al regresar a casa hizo lo que había hecho infinidad de veces. Lo buscó en Google para ver si lo encontraba en algún perfil o en alguna página de Internet. No lo encontró. El nombre "Lumerso De la Torre" no apareció por ningún lado.

Capítulo XIX

Colonia Roma, 1987

Josefina estaba feliz de haber conocido a
Ignacio. Los dos tenían muchas cosas en común,
querían recorrer el mundo entero, cada rincón. Lo peor
para ellos sería quedarse estancados en la metrópolis en
que se había convertido la Ciudad de México. Eran
jóvenes, la vida los esperaba. Ignacio acababa de
abandonar la carrera de leyes en la UNAM, no era para
él. Le llamaban la atención los números. Además,
combinar su experiencia de leyes con números era una
mejor forma de ganar dinero. No quería andar en las
ventas como lo hizo su padre. Josefina continuaba
estudiando enfermería con la simple idea de tener una
carrera. No quería convertirse en otra de las tantas amas
de casa que le sobraban a México. Ella era diferente, de
sueños grandes. Rehusaba vivir encerrada y menos
atada a las responsabilidades de un hogar.

Un sábado fueron al cine a ver *Atracción fatal*. Josefina no entendía cómo lograron hacer un drama tan violento cuando pudo haber sido una película romántica sin la necesidad de mostrar tanta agresividad. Ignacio disfrutaba cuando ella mostraba una opinión legítima sin importarle el tema. Caminaron hasta llegar a la fuente de las Cibeles. Josefina se sentó para observar los cambios de movimientos del agua. Un juego de luces cálidas alcanzaba a iluminar su joven rostro. El agua de la fuente la roció varias veces en las mejillas. No encontraba en qué posición colocarse. Una inquietud la acosaba. El agua le seguía salpicando. Ignacio sacó un pañuelo y le secó el rostro.

—Estoy embarazada —dijo Josefina perturbada.

La noticia le cambiaba los planes a él. Lo primero que se le ocurrió a Ignacio era que no podían tener un hijo en ese momento. No tenían casa ni en dónde caerse muertos, menos todavía como para cuidar de otra persona. Josefina se molestó. Esa no era la respuesta que ella esperaba. Tenía tres meses de embarazo. Lo último que se le hubiera ocurrido era hacerse un aborto. Regresó sola a casa. Ignacio no la quiso acompañar. No se hablaron por dos semanas hasta que Ignacio reapareció una mañana con unos mariachis a pedirle matrimonio. Había llegado a un acuerdo con su padre. Si comenzaba a pagar la casa que él tenía en la Condesa entonces sería suya cuando cumpliera los treinta años. La madre de Josefina ya sabía del embarazo, así que también salió ese día a celebrar el compromiso de su hija. Seis meses después nació Julieta.

Comenzaron a amueblar la casa con algunos muebles que le regaló Victoria cuando vendió el departamento antes de irse a Toronto. Eran suficientes para equipar la primera planta de la casa. Josefina comenzó a trabajar de enfermera en el Hospital Estatal de México, pero todo lo que veía le causaba vértigo. Ignacio tomó un trabajo en un bufete de abogados en el centro de la ciudad, así se ayudaron a pagar las cuentas. Asimismo, la madre de Josefina les dio un poco de dinero para que comenzaran sus vidas. Durante las noches Ignacio estudiaba contabilidad. No les iba mal. Josefina no tuvo necesidad de regresar a trabajar. Cuando Julieta apenas comenzaba a hablar, Josefina le dio la sorpresa a Ignacio de que estaba nuevamente embarazada. Esta vez, Ignacio recibió mejor la noticia. Comenzaron por reparar los problemas de humedad, cambiaron puertas y renovaron cocina y baños. La casa de la Condesa se convirtió en una de las mejores en toda la cuadra. Ignacio pudo abandonar el trabajo en el bufete para comenzar a trabajar independientemente como contador para varias empresas. Josefina se dedicaba al hogar. Con una casa de cuatro recámaras y dos hijos, necesitaba ayuda. Seis años después de haber nacido Julieta, hicieron una fiesta para celebrar el cumpleaños número tres de Lumerso. Ignacio quería una fiesta a lo grande para el varón de la familia. Ese día conocieron a Jimena, una joven simpaticona de Oaxaca que había venido a cuidar algunos niños. Josefina pasó la tarde haciéndole preguntas hasta que al finalizar la fiesta Jimena tenía un nuevo trabajo. Dos días más tarde comenzó a laborar con los De la Torre.

Josefina le encargaba cualquier tarea a Jimena, desde los guisos favoritos, que le gustaban a Ignacio, hasta cómo quería que le quedaran las líneas de los pantalones. Josefina se aislaba cada vez más de los quehaceres. En ocasiones pensaba en su madre y en que jamás había vuelto a hablarle. Una que otra vez recibía postales de un nuevo país con un nuevo número de teléfono. Josefina tiraba las postales. Sentía celos de que su madre siguiera viajando cuando ella apenas podía con una familia. En medio de profundas depresiones, todo la agobiaba y le molestaba. Las pequeñas responsabilidades de la casa la atormentaban. Decidió hablar con Ignacio para enviar a estudiar a Lumerso y a Julieta a otro país o algún internado; no importaba si fuera en el mismo México. Así tendrían una mejor educación; de esa manera serían mejores candidatos a futuros matrimonios. Ignacio la escuchaba; no le parecía tan mala la idea. Sin embargo, pensó que sería mejor para Julieta cuando terminara la primaria. Aún estaba chica. Lumerso podría defenderse por sí solo en la ciudad; después de todo, era un hombrecito como él, explicó Ignacio.

En medio de las peleas con Ignacio, Josefina comenzó a ir a un psicólogo. Vivía en la depresión. No disfrutaba la confortable vida que tenía. Ignacio trabajaba en casa. Josefina no soportaba verlo todo el santo día sentado en la recámara que se había convertido en su oficina. Josefina ya no le daba instrucciones a Jimena, quien parecía tomar todas las decisiones de la casa. Vivía encerrada en su cuarto. Los cambios drásticos de personalidad la mantenían cada vez más alejada de los niños y de Ignacio. Julieta rara vez le hablaba. Le daba miedo su propia madre, nunca la encontraba de buen humor. Lumerso era otra cosa. Entraba a la habitación sin tocar la puerta. Le platicaba lo que había hecho durante el día, aunque sabía que su madre no lo escuchaba. Le hacía preguntas de lo que acababa de decirle, pero Josefina no sabía qué responderle.

Después del viaje de Julieta a Europa y el regreso de su madre Victoria, Josefina llegó a mostrar rayos de felicidad. Las terapias parecieron haberle funcionado. Escuchaba a su madre cuando le contaba todo lo vivido durante la larga ausencia. Ayudaba a preparar las comidas junto con Jimena y atendía mejor a Ignacio. Él estaba feliz de que su esposa hubiera regresado a la vida. Cuando su madre Victoria murió, Josefina retornó al encierro. No podía creer que su madre retornara únicamente para morir. Comenzó a tomar de nuevo pastillas para la depresión, esta vez acompañadas con copas de vino, hasta que Ignacio la descubrió. Él prohibió todo tipo de alcohol en la casa.

Unos meses después de la muerte de la abuela Victoria, Josefina todavía no salía de su recámara. Lumerso tampoco. Ignacio pensaba que la familia se estaba volviendo loca. Una tarde encontró a su mujer en el cuarto, tendida en el suelo, con la ropa de dormir puesta. Vio que estaba sedada con algún medicamento. No quiso despertarla. Una semana después, Josefina se encontraba en un centro de rehabilitación por El Ajusco. Ahí pasó un mes. Cuando regresó a casa, era una mujer cambiada. Escuchaba las historias de Lumerso y respondía coherentemente a sus preguntas. Jimena se quejaba de que tenía más trabajo que nunca. Ignacio estaba contento por haber recuperado una vez más a su familia. Las cuentas bancarias eran otra cosa. Cada vez que las miraba se daba cuenta que el dinero alcanzaba para menos y menos. Quería sacar a Julieta del internado suizo. Pensaba que, si Lumerso había superado sus escapes y su madre los problemas de depresión, Julieta también podía adaptarse de nuevo a la Ciudad de México. Cuando Julieta dio la noticia de que no quería seguir estudiando en Suiza, Ignacio aceptó sus demandas con mucha comprensión. Julieta nunca se enteró de los aprietos económicos que en esa época enfrentaba su padre.

Al año de tener a toda su familia junta bajo el mismo techo, gracias a la reincorporación de su hija, Josefina esperó a Ignacio en la cocina para darle de cenar. Jimena ya se había ido a su casa. Julieta estaba en la recámara. Lumerso seguía en el Tecnológico terminando una maqueta para un nuevo proyecto. Ignacio trajo una botella de vino tinto. Le sirvió una pequeña cantidad a Josefina. Él se sirvió una copa grande. Comió una pechuga de pollo salteada, acompañada de una ensalada de jitomate. Se sirvió otra copa. Le dijo a Josefina que el pollo le quedó un poco salado y que la próxima vez no le colocara sal, como lo recetó el cardiólogo. Josefina probó el pollo, pero no le encontró sabor. Jimena no le había puesto sal. Ignacio agarró un trago más de vino cuando la copa se fue junto con él al piso. Josefina trató de levantarlo. Le abrió el nudo de la corbata. Vio que la cara de Ignacio perdía su color. Julieta, desde su recámara y en medio de la música, escuchó los gritos de su madre. Bajó corriendo las escaleras. Trató de recordar el curso de primeros auxilios, pero su padre ya estaba muerto. Un fulminante infarto lo mató. Josefina lloró y gritó hasta pasar a un trance con unas pastillas que encontró Julieta en el buró de su padre. Media hora después, el cuerpo de Ignacio De la Torre iba destino a la morgue.

Josefina vivía drogada. No se enteró que Lumerso también estuvo en el hospital ni que Julieta había regresado a casa después del funeral. No estaba para entender por qué tuvieron que mudarse a un departamento o la razón por la que abandonaron la casa de la Condesa. Los pensamientos en su mente no tenían continuidad ni coherencia. Recordaba a su madre y padre peleando en la cocina del departamento de la Colonia Roma. Llamaba nombres que ninguno la escuchó decir antes. Jimena perdió el trabajo y cuando su hijo Arturo fue a la casa de la Condesa a buscar cualquier remuneración para su madre solamente encontró anuncios que decían: "Embargada". Nunca más regresó. Cuando volvió a la Colonia Buenos Aires le comentó a su madre que los ricos, ya no eran ricos.

Al mudarse al departamento de La Romita Josefina dejó de hablar. Los narcóticos los tomaba sin entender para qué servían. Julieta siguió con el trabajo de secretaria en la gobernación. Ya que todos salían a trabajar, nadie cuidaba de Josefina durante el día. Cuando volvían a casa, los hijos intentaban hacerse cargo de su madre. Julieta trataba de alimentarla, pero nada le pasaba por la garganta. Lumerso la obligaba a tomarse algún jugo o licuado, pero tampoco lograba convencerla. Le hablaba como lo hizo de niño con la abuela Victoria. Josefina veía los labios de Lumerso moverse, pero no comprendía lo que trataba de decirle. Julieta dejaba la puerta del balcón abierta para que su madre recibiera un poco de aire durante las mañanas. Lumerso la sentaba frente al televisor, pero a Josefina no le importaba si estaba encendido o apagado. Julieta le enviaba mensajes de texto a Lumerso para que no olvidara cerrar la puerta del balcón antes de salir.

Lumerso comenzó a trabajar como masajista después de las experiencias con Genaro. Tenía de tres a cinco masajes diarios. Muchas veces no se daba abasto por la cantidad de masajes eróticos que requerían en la ciudad. Algunas veces le parecía que él fuese el único masajista. Su mente estaba en ¿qué Metro debo tomar? o ¿a dónde tengo que ir para el próximo masaje? o ¿en qué estación de Metro debo bajarme? Todo eso aparte de siempre preguntarse el tipo de psicópata que iría encontrar ese día. Luego se decía que eso era lo de menos, al final todos buscaban lo mismo: una caricia, una penetración o una masturbada.

El día del accidente, Julieta le dejó un licuado de plátano a su madre y salió apresuradamente. Tenía una entrevista para una mejor plaza en la delegación. Despertó a Lumerso para que le diera de comer a su madre. Lumerso había llegado a las cuatro de la mañana. No recordaba ni en qué lugar vivía. Ignoró las llamadas de Julieta. Continuó durmiendo toda la mañana. Lo despertó unos murmullos y un fuerte ruido en la calle. Antes de echar un vistazo por la ventana, fue primero al baño. Se asomó el cuarto del televisor, pero no vio a su madre por ningún lado. Mientras se tomaba su tiempo volvió a escuchar cuchicheos en la parte de abajo. Llamó a su madre un par de veces. Encontró el sillón lleno de excrementos y orines. Miró el reloj. Eran pasadas las doce con quince minutos del mediodía. Salió al balcón para ver qué ocurría. Vio el cuerpo de su madre tendido en la banqueta. Bajó corriendo del cuarto piso hasta llegar a la grada donde cayó su madre. Lumerso la abrazó sacudiéndole el cuerpo. Lloró y chilló como un niño. El llanto rebotó por toda la cuadra. El sonido de la ambulancia se escuchaba encima de él. Sintió el celular vibrar en el bolsillo del *pants*. Tenía veinte llamadas perdidas de Julieta.

Capítulo XX

Colonia Condesa, 2019

Edgar no había visto a Lumerso desde el día que lo encontró en el vapor. No podía creer que hubieran transcurrido nueve años. Lumerso acababa de tener un masaje por la zona cuando decidió entrar al supermercado de la Condesa a comprar unos aceites aromáticos. Al pasar por el área de cosméticos, reconoció el perfecto perfil de Edgar. Estaba más guapo que nunca. Los años lo habían convertido en un hombre apuesto con una mirada llena de sabiduría. Lumerso quiso pasar desapercibido. Cuando le sorprendió escuchar su voz, Lumerso no supo qué decir. Estaba desvelado, cansado. Parecía que no hubiera dormido en una década. Una larga barba le cubría parte del rostro. Llevaba mezclillas ajustadas, una playera blanca y una sudadera amarrada por la cintura. Las lluvias de junio habían comenzado. Una ola de aire helado golpeaba a la ciudad.

Edgar le preguntó si estaba bien. Lumerso respondió que con mucho trabajo y que algunas veces hasta olvidaba comer, pero que esa noche descansaría. Edgar se contuvo de preguntarle a qué tipo de trabajo se dedicaba. Una vez, después de tanto buscarlo, había descubierto su fotografía, con otro nombre, en la aplicación Grindr. En la descripción hablaba de masajes eróticos de cualquier tipo para pasivos o activos. Edgar quiso indagar más, pero le dolió encontrarlo ahí. Salió de la aplicación lo antes que pudo. Continuaron platicando del último encuentro que tuvieron, cuando los metieron a la cárcel. Edgar dijo que deberían salir de nuevo, como en los viejos tiempo. Lumerso no supo qué responder. Los viejos tiempos fueron durante la infancia. Pensó en la cantidad de hombres que pasaron por su cuerpo desde entonces. De la persona que Edgar conoció al hombre en que se había convertido ya no quedaba nada. Respondió que mejor en otra oportunidad, cuando no estuviera tan ocupado.

—Te invito a salir a una cita —dijo Edgar en un tono amoroso.

Edgar se veía bien. Vestía un traje de rayas de tres piezas de color azul con una camisa blanca de mancuernillas sin corbata. El pelo lo llevaba largo, peinado hacia atrás. Acababa de regresar de Miami, por lo que estaba bronceado y ello acentuaba más sus ojos verdes.

Lumerso continuó caminando. Edgar lo seguía. No encontraba los aceites. Caminó hasta llegar al área de farmacia. Estaba loco por deshacerse de Edgar. No quería estar junto a él. Edgar era un hombre de mundo, exitoso. Guapo. ¿Cómo pudieron crecer juntos y ser ahora tan diferentes? Salieron por la avenida Michoacán. Edgar reiteró que lo seguiría hasta que aceptara salir con él. Lumerso contestó que tenía hambre, que por qué no cenaban juntos de una vez y saldrían de eso. Edgar no esperaba esa respuesta. Tenía dos bolsas con huevos, leche, cereal y pan. Quiso dejarlas en el carro, pero imaginó que, si iba a dejarlas, Lumerso lo abandonaría. Le dijo que sí, que estaba bien. Una oportunidad como esta quizás no se presentaría en otros nueve años, expresó lleno de risas. Caminaron una cuadra hasta que Edgar se detuvo en un restaurante italiano. Se sentaron en la parte de adentro, a un lado del jardín. El mesero los dejó platicar. Venía una que otra vez para ver si necesitaban más vino o agua. Comieron unos *fettuccine* a lo Alfredo acompañados con un pollo *piccata* a la diabla. Edgar insistía en pagar la cuenta. Lumerso sacó del bolsillo una pequeña bolsa de plástico con billetes de cien, doscientos y quinientos pesos. Edgar no supo qué decir. Cada quien pagó lo suyo.

El sol se había ocultado. Una llovizna mojaba ahora todo lo que encontraba. Edgar comentó que dejó el auto en el estacionamiento del supermercado. Los dos se escondieron debajo del saco de Edgar. Corrieron. Al subirse al coche, Edgar le tomó la mano. La besó. Le dijo que era el amor de su vida, que lo perdonara por todo, que podían quizás comenzar desde ahí, desde donde estaban en ese momento. Lumerso le hablaba nada más que con los ojos. Quería decirle que ya no era aquel niño que conoció. Edgar lo tomó del cuello para besarlo en los labios cuando un golpe en la ventanilla lo interrumpió:

—¿Van a salir? —preguntó el vigilante.

Edgar comenzó a manejar. El tráfico estaba pesado. Una fila de luces se ocultaba entre la tormenta que comenzaba a ponerse agresiva. Edgar manejó con una sola mano, con la otra tocaba la pierna de Lumerso. Lo dejó frente al viejo edificio de La Romita.

—¿Vives solo? —preguntó Edgar.

Lumerso le comentó que vivía con su hermana Julieta y que su madre había muerto. Edgar lo abrazó diciéndole que aquella no fue la cita y que el sábado a las tres de la tarde pasaría por él.

—¿Cómo debo vestirme? —preguntó Lumerso mostrando finalmente una pequeña sonrisa.

—Así, como el Lumerso De la Torre que conocí —dijo Edgar mostrando su perfecta dentadura.

Lumerso llegó diferente a casa. Olvidó por unas horas que se dedicaba a la prostitución. Que los masajes eran una simple excusa para cubrir lo que realmente era. El departamento estaba sucio, todo había envejecido en poco tiempo. Ya nadie limpiaba. Julieta regresaba de trabajar a encerrarse en su cuarto. Cada vez aumentaba más de peso. Tenía canas prematuras, pero rehusaba pintarse el cabello. Ella y Lumerso no se hablaban. Los trastes se amontonaban en el fregadero y parte de la mesa de la cocina. Todo cambió desde la muerte de Josefina. Julieta culpaba a Lumerso por no haber cerrado la puerta y él a ella por no haberla internado en un hospital psiquiátrico. El mismo Lumerso no entendía tampoco para qué trabajaba tanto. Le pasaba la mayor parte del dinero a Julieta, pero ella quizás lo guardaba debajo del colchón. No compraba nada. Una que otra vez, aparecía una pequeña despensa dentro del refrigerador. Daba la impresión de que

Julieta no comía, aunque su apariencia mostraba otra cosa.

El sábado a diez minutos para las tres de la tarde, el día de la cita, Lumerso esperaba a Edgar sentado en una de las bancas en el parque de La Romita. Estaba impaciente. Se había rasurado la barba. Compró unas mezclillas blancas y una camisa roja de cuadros. En los últimos dos días no había tenido sexo. Pensó en las posibilidades de hacerlo con Edgar. Estaba seguro de que conocía a lo que se dedicaba; de otra forma, le hubiera preguntado aquel día, cuando tuvo la oportunidad de hacerlo. Él, sin embargo, sabía de antemano que Edgar estaba trabajando con los farmacéuticos de su padre.

Lumerso llevaba gel en el cabello, se veía como la persona que era antes de la muerte de su padre. Miró la hora en el celular, eran las tres en punto. Segundos más tarde, Edgar llegó en su BMW. Luego de estacionar, se bajó del coche y le dio un estrujón a Lumerso con un par de palmadas en la espalda. Lumerso no recordaba la última vez que alguien lo abrazó con tanto afecto. Enseguida lo invitó a subir a su auto. Le abrió la puerta. Una melodía de *jazz* se escuchaba dentro del coche. Lumerso quiso tomarle la mano como él lo hizo antes, pero decidió no hacerlo. Pensó en las veces que él estuvo en carros con extraños y todos inmediatamente querían meterle la mano en la braqueta o tomarle la mano como si fueran novios de toda la vida. Edgar estaba nervioso. Lumerso nunca lo vio así, pero realmente no lo conocía. Llevaba una playera polo que aumentaba sus musculosos brazos y pectorales, pantalones de vestir de color gris y unos mocasines cafés. Emanaba la misma fragancia que usaba de adolescente. Manejó hasta estacionarse en el Camino Royal de Polanco. Se sentaron en la barra del restaurante Asia Grill a tomarse un aperitivo. La *hostess* insistía que la mesa estaba lista, pero ellos decidieron quedarse y ordenar desde ahí. Les gustaba la privacidad y no las mesas pegadas una a un lado de la otra. Edgar habló de lo bien que le iba con los farmacéuticos de su padre, que había comprado un departamento en Santa Fe, donde vivía durante la semana para estar cerca del aeropuerto de Toluca, desde donde salían la mayoría de sus vuelos a los Estados Unidos. Además, le contó que Magdalena, su madre, falleció el año anterior. Mientras que Santiago, su padre, seguía viajando de vez en cuando, pero se dedicaba a criar una manada de perros que ahora vivían en su casa. Él dormía en la casa de su padre los fines de semana para hacerle compañía. Lumerso lo escuchaba. No sabía si envidiaba la vida de Edgar o lo admiraba a él que logró todo aquello que deseó desde niño. Él, sin embargo, era otra historia, era responsable de todas las malas decisiones que había tomado. Después de beberse un vaso con agua, luego de la media botella de vino blanco, Edgar le pidió disculpas:

—Estoy muy nervioso. Perdóname, por favor, por haberte abandonado y ahora no he parado de hablar y… no sé qué decir y ¿tú?

Lumerso dijo que mejor ordenaran algo de comer; de lo contrario, los iban a recoger del suelo a los dos. Luego le dijo que en su vida todo estaba igual. Que de todo lo que había planeado, nada funcionó, que la muerte de su padre lo arruinó todo, que perdieron las pertenencias porque las cuentas bancarias estaban vacías antes de que su padre muriera. Que tampoco pudo terminar la carrera, que su madre murió en un horrible accidente y Julieta padecía de depresión al igual que su madre. Aquella era su vida. Una tragedia después de la otra. Edgar no supo qué contestar. Cuando terminaron de cenar unos camarones salteados bañados con una salsa agridulce con coco, Edgar propuso una caminata. Dijo que deberían de hacer como aconsejaban los budistas: vivir en el ahora. Olvidar todo lo ocurrido en el pasado y disfrutar el momento presente. Ese momento que estaba ahí junto a ellos y ahora les pertenecía. Lumerso aprobó la idea. Dejaron el restaurante y caminaron un rato hasta llegar a la avenida Reforma. Se pararon a ver una exhibición de imágenes del Cine de Oro Mexicano. Eran pasadas las seis de la tarde cuando entraron a la Zona Rosa. Tomaron unas margaritas en un bar a un costado de la calle de Londres. Lumerso lo besó en los labios. Estaban felices. Se agarraron de las manos como dos adolescentes. Siguieron caminando hasta llegar a la Glorieta de los Insurgentes. Al llegar ahí encontraron un centro improvisado para exámenes de enfermedades venéreas y VIH.

—¿Por qué no entramos? —preguntó Edgar espontáneamente.

La pregunta congeló a Lumerso. Nunca se había hecho una prueba de esas, únicamente había tomado antibióticos para enfermedades venéreas. Ya ni recordaba la cantidad o los nombres. Lumerso insistió que vivieran el presente, que eso era cosa del pasado. Edgar contestó que el presente los ayudaría al futuro que construirían juntos. Edgar entró primero. Lumerso lo esperó un rato afuera hasta que decidió alcanzarlo. Tenía el rostro más pálido de lo normal. Una mujer vestida de negro les explicó lo que deberían de hacer en caso de salir positivos: tenían que seguir tratamientos y contactar a todas aquellas personas con las cuales tuvieron sexo sin protección. Lumerso pensó que su lista no cubriría siquiera la cantidad de personas que se encontraban en ese momento en la glorieta. Las manos le temblaban, estaba inquieto. Tenía la boca seca. Las copas, la extraña comida y la insistencia de Edgar le habían cambiado el giro al dichoso momento que tan plenamente disfrutaron hasta hacía unos instantes.

Después de lo que parecieron días de espera, la asesora les preguntó que si querían la noticia juntos o separados. La mujer no mostraba ningún tipo de sentimiento. Tenía una cara blanca y unos lentes que se le bajaban constantemente. No tendría más de treinta años. La voz cortada de Lumerso pronunció que separados. Edgar insistió que no, que deberían de recibir la noticia juntos. La mujer se encogió de hombros y los llamó detrás de una cortina negra, la cual cerró dejando al otro lado una persona a la cual también le alteró la vida. El muchacho de cabello rojo lloraba abrazando una bolsa llena de condones.

—Hemos detectado el virus de VIH en el cuerpo de los dos. ¿Son ustedes pareja? —preguntó ella.

La cara de Edgar se tornó de todos los colores. Quería salir corriendo, pegarle un golpe a la mujer o a Lumerso. Abrió la cortina y miró hacia fuera.

—Esto es para usted —dijo la mujer, entregándole los resultados por escrito.

A Lumerso le daba igual si lo tenía en un pedazo de papel o no. Edgar se sentó, no podía articular en su mente lo que la mujer acababa de decir. Lumerso lo agarró del hombro. Edgar inmediatamente le quitó la mano de encima. La filosofía de vivir el momento lo había llevado a recibir la peor noticia de su existencia. Lumerso trató de abrazarlo de nuevo hasta que Edgar gritó:

—Fuiste tú, hijo de tu puta madre.

Lumerso no sabía qué decir, la mujer trató de calmarlos. Edgar salió corriendo. Lumerso lo siguió.

—Déjame en paz, puto de mierda. Mi madre tenía razón —dijo Edgar antes de comenzar a correr.

Las palabras de Edgar le dolieron en ese instante más que nunca. Lumerso no sabía qué dirección tomar. Sentía las miradas de todos encima de él. La asesora lo llamó, le regaló una bolsa de preservativos y una lista de clínicas que lo apoyarían en esta primera etapa. Lumerso las tomó. No podía pensar correctamente. Caminó sin sentido. No sabía cuál era la peor noticia: que Edgar estuviera infectado al igual que él… o que él también fuera positivo.

Caminó por la avenida Oaxaca tratando de regresar a casa. Pasó por el consultorio del doctor Vargas, el siquiatra. Tocó el timbre varias veces, pero nadie contestó. Luego le habló por teléfono, pero tampoco obtuvo respuesta. Luego le habló a Edgar, al número que él mismo le acababa de dar. La llamada fue directo al buzón de voz. Decidió escribirle un mensaje de texto:

"No sé por qué me ocurren estas cosas con las personas que amo. No sabes cuánto lo siento".

Lumerso recordó la tarde del funeral de su padre, cuando le hizo el amor a Edgar por única vez.

Era imposible que fuera él. Habían transcurrido nueve años desde aquella tarde. Cuando el doctor Vargas respondió la llamada, Lumerso ya no supo qué decirle. Todavía no llegaba a casa. Le comentó que pasaba por la avenida Oaxaca y quiso saludarlo, nada para alarmarse, que todo estaba de maravilla, que mejor que nunca, que la vida le había dado más de lo que él había pedido. Antes de colgar el teléfono el doctor Vargas exclamó:

—¡Sabes que sé que estás mintiendo!

Lumerso no quiso responderle. Solamente se desconectó y le bloqueó el número.

Capítulo XXI

La Romita, 2019

Lumerso regresó caminando al departamento. Transpiraba. La camisa roja de cuadros estaba bañada en sudor. Abrió la puerta. Le sorprendió encontrar todo limpio y ordenado. Pensó que finalmente Julieta le dio un buen uso a su dinero. Contrató a alguien que hiciera la limpieza. Escuchó ruidos en el baño de la entrada.

—Julieta, ¿estás ahí? —preguntó Lumerso.

—Soy yo, Jimena —respondió una voz irreconocible.

Lumerso se alegró de verla, pero no supo expresarlo. Jimena le explicó que Julieta le pidió que fuera para entregarle la liquidación que esperó por tantos años. Le envió la llave del departamento con Gustavo, su hijo. Ella vio que el departamento estaba hecho un desastre y se puso a limpiar. De pronto se detuvo e indicó que no estaba en condiciones de seguir haciéndolo. La cintura no la dejaba moverse como antes y, además, la diabetes la estaba matando. Estaba agradecida por el dinero, era mucho más de lo que hubiera esperado. Lo iba a usar para los nietos que ya estaban por comenzar la preparatoria. Lumerso la escuchaba. Sacó una botella de tequila y le dijo que se sentara un rato a su lado a platicar con él. La invitó a tomarse un trago. Jimena no aceptó. Fue por su bolso.

—Esto es suyo… Siento mucho no habérselo entregado antes, pero no sabía cómo hacerlo —expresó Jimena antes de abrir la puerta del departamento.

Lumerso tomó el cuaderno verde en sus manos. Lo olió. El color había envejecido. Su nombre desapareció de la portada. Recordó lo mucho que lo extrañó. Observó que su escritura ya no era tan buena como antes. Quiso alcanzar a Jimena para abrazarla, besarla, agradecerle, pero ya no era el Lumerso que ella conoció. Jimena salió del departamento. Lumerso se asomó al balcón hasta verla perderse por la calle diagonal. Se percató por primera vez que una de sus piernas era más larga que la otra. Estaba confundido, entre la noticia que le acababan de dar, Edgar, Jimena, el doctor Vargas y el regreso del diario. Se sentía frágil, vulnerable. Quería llorar como niño en los brazos de su madre. Se acostó en el sofá y buscó la última entrada que escribió sobre Edgar.

"Condesa, 9 de octubre de 2002

No es fácil escribirte el día de hoy. Quizás nunca más vuelva a hacerlo. Edgar se ha marchado para no volver. Estoy muy dolido. Me duele aquí dentro y por todos lados. Ni sé por dónde me duele. No me pasa la saliva. Es como si un nudo gigantesco no me dejara respirar. Quiero morirme. Me siento muy apenado por lo que le hice en Chapultepec, pero yo sé que él también lo quería; si no, no se hubiera dejado, ¿verdad? Ya no lo volveré a ver. Su madre me odia. Fui a su casa a buscarlo y no me dejó entrar. Seguro Edgar me dejó una carta o un mensaje. ¿Qué voy a hacer sin él? Quizás me voy a volver loco de amor. La gente se vuelve loca o suicida, como Romeo y Julieta. No tengo más amigos y Edgar era el único que sabía que soy gay. Ya no quiero ser así. Mañana quisiera levantarme y casarme con Claudia como él quería hacerlo. Yo espero que él me ame y no me olvide y regrese a mí. Ya no tengo motivos para escribirte. ¿Qué voy a escribir? Que mi papá me odia por ser gay y que mi mamá se deprime sin razón a cualquier hora y todos los días. Bueno diario, adiós por ahora; si llegas a ver a Edgar dile que lo amo, lo amo y luego lo amo más".

Lumerso cerró el cuaderno, pensó en el hombre que Edgar se había convertido. Era una persona de mundo, educado y poliglota. Se levantó para verse en el espejo que Jimena acababa de limpiar. Le dio vergüenza observar su rostro. Estaba hinchado, amarillento; era un hombre inmoral lleno de falsedades y, lo peor de todo, un trabajador sexual. Edgar tenía razón. Él seguía siendo una mala influencia. Se arrojó al sofá para pensar qué iba hacer con el corto tiempo que tendría de vida. Pensó en vivirla al máximo, en seguir dando masajes. Después de todo, era lo mejor que podía hacer. No conocía las técnicas, pero los hombres nada más querían que un hombre más joven los tocara y acariciara hasta hacerlos eyacular. Abrió la aplicación de Grindr en el celular. Tenía tres solicitudes. Ya eran pasadas las diez de la noche. Cerró los ojos y abrazó el cuaderno, asegurándose de que no fuera a escaparse de nuevo.

En sus sueños vio a Edgar con un traje blanco entrando a una iglesia de vidrio en el medio del bosque. Pétalos de color blanco adornaban el pasillo. Una fuerte lluvia caía sin piedad por todos lados. Él lo esperaba con un traje color crema en el altar. Un rayo dejó la iglesia en tinieblas. Ignacio, Josefina, Julieta y su esposo, el doctor Vargas, estaban sentados en la primera fila. Detrás estaban todos los hombres con los que Lumerso se había acostado. Reconoció a Antonio, Enrique, Genaro, Gabriel, Garzo y el resto de ellos. Tenían dientes grandes y llevaban los penes por fuera medio erectos. Jimena era la sacerdotisa. Edgar llevaba un velo color rosa cubriéndole la cara.

—Puede besar a la novia —decía Jimena.

—Pero si es un novio —respondía Lumerso.

Jimena no prestaba atención y esperaba a que se dieran el beso. Un golpazo de puerta lo despertó. Julieta había entrado. No notó ninguna diferencia en el departamento. Solamente vio las llaves que Jimena dejó sobre la mesa.

—Fue una buena obra lo que hiciste con el dinero —comentó Lumerso.

Julieta hizo una mueca con la boca y buscó un poco de agua para tomar.

—Mira lo que tengo —dijo Lumerso entusiasmado mostrándole el diario.

Julieta preguntó fríamente qué era. Lumerso continuó que el diario que le regresó Jimena. Julieta lo agarró sin ningún interés. Lo vio por ambos lados y lo devolvió. Se encerró en su cuarto. Lumerso no supo qué más agregar.

Lumerso continuó trabajando como si nada hubiera cambiado en su vida. Algunas veces pensaba en comunicarse con Edgar, pero él mismo lo había bloqueado por todos lados. Se mantenía ocupado ofreciendo servicios de masajes. Se la pasaba entre Las Lomas, la Roma o la Condesa. Esas eran las colonias que más frecuentaba. Una noche recibió un mensaje de texto de un cliente que quería un masaje en un prestigioso hotel de la avenida Reforma: el St. Vincent. Solamente lo conocía por fuera. Agendó la cita como cualquier otra. El hombre le pidió que viniera arreglado para que no lo fueran a cuestionar en la entrada del hotel. Lumerso tomó el elevador. Llegó a la *suite* que lo esperaba en el sexto piso. Tocó el timbre y un hombre sin cabellera le abrió. Lumerso observó que traía una bata de hotel; le dijo que se acostara y que se pusiera cómodo, bocabajo. Él se lavaría las manos para comenzar. Al regresar al cuarto, encontró al hombre bocarriba con dos hombres más a su lado; uno moreno y otro blanco gordo y velludo. Eran todos españoles. Los hombres estaban desnudos y comenzaron a tocarse.

—Perdón, habíamos quedado que era una sola persona. Si es así, mejor llamen a otro —expresó acercándose a la puerta.

El calvo respondió que se tranquilizara, que no tendría que trabajar. Solamente querían que él se acostara y ellos le darían el masaje. Lumerso sintió asco al verlos juntos en la cama. Le hicieron recordar a unos zopilotes hambrientos por carne fresca. Pensó en todo lo que sufrió en la vida por hombres como estos:

Genaro, Enrique en Cuernavaca, La Casona… y la lista no parecía terminar. Estaba lleno de ira, rencor, odio y venganza. Después de llegar a un acuerdo, Lumerso continuó que era preferible practicar sexo seguro, ya que sería mejor para todos. Su mente, sin embargo, pensaba otra cosa. Él sería el arma para estos cabrones que querían aprovecharse una vez más de él. Quiso vengarse de todos aquellos que le desgraciaron su vida. Los hombres dijeron que ellos estaban todos saludables, sin ningún tipo de enfermedades venéreas; pero que si él estaba saludable entonces sin preservativos se cogía mejor. Lumerso fingió salir. Uno de ellos lo agarró por el brazo para que no lo hiciera. Le sirvió un vodka. Le dijo que tomara una copa. Le diluyeron una pastilla de Viagra en la bebida. Se sentaron un rato. Lumerso odiaba estar en ese lujoso lugar. Veía a través de la ventana la fuente de Diana enfrente, pensó en que cómo le gustaría que la Cazadora le apuntara la flecha a él y a todos los ahí presentes. Después de media hora de copas, más pastillas y un poco de marihuana, los tres hombres lo desnudaron para llevarlo a la cama. Uno de ellos reiteró entre carcajadas que sin condón se cogía más rico, para gozar al máximo; después de todo, todos estaban mega sanos. Los hombres continuaron riéndose; sobre todo el pelón, estaba extasiado. Comenzaron lo que parecía una orgía greco-romana. Uno arriba de Lumerso, otro dentro de él y el otro en la boca. Después de una hora, todos habían liberado sus sémenes un par de veces. Lumerso los dejó en la cama y fue al baño. El gordo lo siguió. Le entregó los dos mil pesos prometidos.

—¿Puedo tomar una ducha? —preguntó Lumerso.

El pelón contestó desganadamente que sí. Lumerso se tomó su tiempo en el baño. Salió duchado, con un poco de perfume y un toque de gel. Se metió todo lo que encontró en los bolsillos. Le acababan de bloquear su cuenta de perfil en Grindr por ofrecer servicios de masajes. No le importó. Abrió la puerta. Salió sin despedirse. Cuando estaba en el pasillo, corrió hacia el elevador. El pelón entró al baño. Necesitaba lentes para ver. Le dijo al otro que le pasara los lentes, que el puto había dejado una nota.

"Ahora todos están infectados con VIH".

—La puta que lo parió —gritó el pelón.

Abrió inmediatamente la puerta, pero Lumerso ya iba en un taxi camino a casa. Aquella fue su venganza. Se vengó con tres personas por todo lo que le hicieron a él. Así la cadena seguiría. Buscando una vida, encontró una desgracia después de la otra. Él estaba seguro de que no había infectado a Edgar. Se odió a sí mismo por lo que acababa de hacer, pero el arrepentimiento no lo llevaría a ningún lado. Se sentó en una banca frente a su edificio. No quiso entrar al departamento. No quería escuchar a Julieta roncar en su cuarto, sin nada que hacer. Era la una de la mañana. Se fue a un lugar que conocía en la avenida de los Insurgentes. Era domingo, el lugar estaba atiborrado de hombres. Se sentía liberado. Ya no le tenía miedo a la vida o a nadie. Podía acostarse con quien quisiera o con quien no quisiera también. Él era un portador oficial del virus, como decía el *carnet* que le dieron en la clínica. La barra estaba oscura. Alejandra Guzmán vibraba a todo lo que daba por las bocinas. Unas escaleras conducían a una tercera barra en la parte alta. Lumerso se tomó un par de vodkas antes de llegar al final del pasillo. No podía ver. Sintió como si tentáculos lo manosearan. Lumerso los espantó como moscas salvajes. Llegó donde una multitud gozaba de otros cuerpos con lujuria. No quiso participar. El calor lo agobiaba. No se podía respirar en ese lugar. Se removió la camisa y los pantalones, pero dejó que alguien le rompiera el calzón. Abrazó la ropa con su mano derecha. Estaba desnudo. Solamente llevaba los tenis con calcetas rosa. Percibió muchas bocas besando y chupando su pene hasta que lo sintió entrar en un recto. Lumerso no lo gozó. Los dejó hacer de todo hasta que ellos eyacularon. Ahí se quedó hasta el amanecer, cuando empezaban a desalojar el establecimiento. En los brazos aún sostenía su ropa.

Capítulo XXII
Lausana, 2003

Julieta se veía nerviosa. La estaban subiendo a un avión con destino a Suiza sin su consentimiento. Era una mujercita que podía tomar sus propias decisiones, por lo menos eso pensaba ella. El estómago le daba vueltas. Los tacos de arrachera que preparó Jimena parecían regresarle a la boca. Pensaba que en cualquier momento podía vomitar. Josefina, Ignacio y Lumerso la acompañaron hasta la puerta de abordar. Ignacio mantenía buenas relaciones con autoridades en el aeropuerto que lo autorizaban a los accesos restringidos. Era una pena que no viajara tanto como le gustaría. Julieta miró a los ojos de su madre en busca de fuerzas, pero ella solamente le arregló el cabello, diciéndole que hablara con la gente únicamente si ellos le platicaban primero. Lumerso fue el único que lloró. Josefina veía a Julieta como si se hubiera quitado un peso de encima. Pensaba que Lumerso no necesitaba tanta atención como ella. Le daba miedo imaginar que se fuera a embarazar. Sin embargo, creía que allá en Suiza las cosas eran diferente. Estaría a cargo de la escuela y cualquier accidente que le ocurriera era responsabilidad de ellos. Ignacio abrazó a Julieta susurrándole al oído lo mucho que la amaba. Julieta no quiso soltarlo. Se aferró a él como hacía de niña con los árboles cuando iban al parque. Llevaba el cabello recogido. Un vestido azul de invierno hasta las rodillas y calcetas blancas que le cubrían toda la pierna. Una boina negra, bufanda y abrigo rojo. Así la había vestido su madre. Parecía una copia del uniforme de la nueva academia. Julieta era un poco gorda para sus quince años. Desde niña luchó con el sobrepeso. Tener una estatura baja tampoco le favorecía. Josefina la exponía a cuanta dieta encontrara. Nada funcionaba. El día del viaje espinillas comenzaron a brotarle por toda la frente. Estaba asustada. Llegó a pensar que su madre se avergonzaba de ella, por eso la enviaba a estudiar fuera del país. Le temblaban las piernas. La única vez que se subió a un avión fue cuando estuvieron todos en Playa del Carmen. Recuerda el océano cristalino, la arena blanca, las estrellas de mar que sacó del agua. Ignacio insistía que las regresara. Julieta pensaba que eran las mismas que brillaban en el cielo, pero habían perdido su rumbo. Lumerso estaba más chico, por eso no recordaba haber estado en un avión.

Julieta comenzó a llorar desde el momento en que su padre le dijo que la amaba. Josefina seguía sin mostrar ningún sentimiento. La agente de Swiss Air se acercó, la tomó suavemente del brazo y la ayudó con el neceser que llevaba consigo. La familia De la Torre no esperó hasta que el avión despegara. Ignacio tenía unos nuevos contratos que redactar. Lumerso sintió tristeza por Julieta; podía ver en su rostro que no quería marcharse. Le gustaba vivir en la ciudad; sin embargo, Josefina insistía que eso era lo mejor para una señorita como ella. Era lo único que podía decir. A Lumerso le causó dolor que no le hubieran comprado un boleto de regreso. Julieta podría quedarse en Suiza hasta terminar la carrera. El solo hecho de pensarlo le provocó incluso más ira.

El viaje fue largo. A Julieta le tocó sentarse al lado de un señor que se quedó dormido encima de su hombro. Ella no se movía. Pensaba que era su deber sostenerle la monumental cabeza. Esperaba hasta que pasara una sobrecargo para que viera al imbécil que tenía encima de ella. Al rato ella lo movía, pero en unos instantes regresaba al hombro de Julieta. Después de comer el desayuno consistente en un *omelette* con jugo de naranja y pan fresco, Julieta pudo apreciar los Alpes que comenzaban a distinguirse por entre las nubes. Sintió que se alejaba cada vez más de México. La azafata le ayudó a llenar el cuestionario de inmigración antes de que bajara del avión. Al llegar al aeropuerto, Julieta no sabía qué hacer ni dónde ir a buscar el equipaje. Una cantidad de idiomas repetían lo mismo por los altoparlantes. Ella dominaba bien el inglés y un poco de francés, pero los nervios le bloqueaban todo lo que escuchaba. Esperó hasta que el anuncio saliera en italiano. Ese idioma creía entenderlo mejor. Un maletero la ayudó con el equipaje. La acompañó hasta donde tomaría el primer tren que la transportaría a la estación central de Zúrich. Ahí trasbordaría al tren a Lausana. La trayectoria era prolongada. Tendría que viajar otras tres horas hasta llegar al internado. Eran las once de la mañana y el tren no partiría hasta los seis minutos pasadas las tres de la tarde. Julieta esperó. Quería ver si venían por ella, como explicaba el instructivo y le había comentado su padre. Esperó hasta el mediodía. Nadie apareció. Comenzó a tener miedo. Cuando estaba a punto de ir por un taxi, aparecieron dos chicas un poco mayores y la llamaron por su nombre completo. Julieta sintió alivio. Tenía hambre, no entendía la paridad de la moneda para comprar algo de comer. Vivian le habló en francés y Cristina en español. Vivian le dijo que comprarían algo de comer en el café dentro del tren. Prosiguió su saludo diciéndole que sentían mucho el haberse retrasado, pero que habían perdido el tren anterior. Además, imaginaron que el vuelo llegaría retrasado como solía ocurrir algunas veces.

El viaje en tren fue tal como Julieta lo imaginó. Las fotografías que enviaron del colegio eran una copia exacta de lo que pudo admirar durante el camino. Bosques rodeados de inmensos lagos. Montañas con colores que jamás había visto y un sinfín de tonos otoñales. El viaje, sin embargo, le pareció corto. Confirmó que su francés no era tan malo como pensaba. Vivian y ella se hicieron amigas. Las tres compartirían el dormitorio en el colegio. Cristina era una chica delgada, alta y de cabellos ondulados. Iba vestida a la moda, no tan conservadora como Josefina vistió a Julieta. Le platicó sobre lo feliz que estaba de haberse salido de casa, ya que sus padres no lograban comprenderla. Cuando terminara la escuela ya tendría dieciocho años y entonces podría hacer con su vida lo que le viniera en gana. Julieta la veía estupefacta fumarse un cigarrillo después del otro. Coqueteaba abriendo las piernas cada vez que entraba el boletero al compartimiento. En el medio de la plática, cerró los ojos hasta quedarse dormida. Julieta pensó si tendría narcolepsia o simplemente estaba tan cansada como ella.

Estar tan cerca de las montañas y sentir los primeros aires de una estación que no conocía, hizo cambiar la visión de Julieta de lo que sería su nueva vida. Acudieron a las oficinas de admisión. Era una cabaña en el medio del campus construida de madera de cedro, con ventanales gigantescos y una gran chimenea frente a la recepción. Allí les asignaron un nuevo dormitorio. Les dieron el horario para la orientación que comenzaría al día siguiente a las siete de la mañana. Julieta dijo en inglés que le gustaría hablar con su familia. La secretaria, con acento alemán, respondió que no había problema, que ya se habían comunicado para decirles que estaba en el internado. El fin de semana podría hablarles desde las oficinas para estudiantes internacionales. Julieta no entendió completamente lo que la mujer acababa de decir, pero comprendió que no podría hablar con ellos en ese momento.

La habitación era pequeña pero cómoda. Un ventanal mostraba un lago azul rodeado de árboles multicolores y pinos silvestres. A Julieta le parecieron los colores del otoño, como los que había aprendido en las clases de arte. Eran matices creados por la misma naturaleza. Quiso recordar esa imagen por siempre. Debajo del ventanal se encontraba una cama y, en la otra esquina, cerca de la puerta del baño, las otras dos. Las separaban dos burós. Un viejo calentador se sentaba en el medio de la otra pared, seguido por tres escritorios con lámparas verdes. Cristina se removió las botas para continuar durmiendo. Vivian regresó unos minutos más tarde con algunos quesos, frutas y galletas. Platicaron sentadas en la cama. La francesa le comentaba a Julieta que había elegido la mejor escuela en toda Suiza. Lo que tenía que hacer era estudiar, obtener buenas calificaciones y el destino haría lo demás. Lo bueno era que tres universidades se llevaban directamente alumnas del colegio. Vivian pensaba estudiar ingeniería química; asimismo, tenía ya dos universidades peleándose por ella. Julieta no escuchó la última frase. El vuelo y el cambio de horario la cansaron demasiado. Se recostó con la cena a un lado hasta que el despertador sonó a las seis y media de la mañana.

Así terminó Julieta la secundaria y preparatoria. Durante las vacaciones, viajaba con Cristina a Madrid o pasaba el verano en Francia con Vivian. Hablaba a casa esporádicamente. Ignacio trataba de llamarla por lo menos dos veces al mes. Él mandaba los giros de dinero a la escuela puntualmente. Las dos veces que se llegó a atrasar, la escuela casi expulsa a Julieta de vuelta a México. Cuando Julieta se enteró de que Lumerso se había escapado de casa, insistió en regresar. Le daba horror pensar que su frágil hermano estuviera deambulando solo por la vida. Recordaba los berrinches que hacía de niño, cuando no le compraban la misma muñeca que a ella. Los padres insistieron que no tenía nada que hacer en México, que ya le informarían cuando Lumerso hubiera regresado a casa. Julieta no llegó a extrañar a sus padres. Era la única mexicana que no regresaba a su país durante las vacaciones. A las demás les daban hasta preferencia con los exámenes finales para que pudieran salir unos días antes de las fiestas decembrinas. A Julieta no le importaba. Las primeras Navidades odió a su familia por dejarla sola en otro país. Luego, en el primer verano, Josefina insistió que tomara algunos cursos o que viajara por el continente; pues cuántas personas quisieran estar en su lugar y ella queriendo regresar a México. Le parecía absurdo que no supiera aprovechar su juventud, en vez de aburrirse en tierras del Tercer Mundo. Si ella estuviera en su lugar, no regresaría en muchos años como lo hizo su madre.

Al terminar la preparatoria, Julieta recibió el diploma sin ningún miembro de la familia presente. Ignacio le habló para comentarle a última hora que no habían logrado reunir el dinero para comprar los boletos, pero que estaban todos orgullosos de ella. Al entrar el otoño comenzaría la licenciatura en artes y ciencias, lo que le garantizaba un buen empleo en México. Julieta fue aceptada en la Universidad de Lausana, a pesar de no obtener las mejores calificaciones. Ignacio esta vez no tuvo nada que ver con eso. Quizás le había caído bien a uno de los catedráticos, eso creía Josefina. Ese verano estuvo trabajando en un campamento para adolescentes; fue el peor verano de su vida. Ignacio le prometió que las próximas Navidades las pasaría con ellos en México. Desde entonces Julieta vivía emocionada. Estaba pensando no regresar a Suiza. Ya no quería vivir ahí o continuar perdiendo el tiempo en estudios que no la complacían. Odiaba no tener un hogar. No quería decirle nada a sus padres por ahora. Pensó en llamar a Lumerso y contarle sus planes, pero quizás iba a compartir la noticia antes de que ella llegara. Guardó el secreto hasta la noche de Navidad.

No recordaba la última vez que había hablado con su madre. Cada vez que llamaba a México contestaba Jimena, Ignacio o el mismo Lumerso; pero jamás Josefina. Julieta seguía engordando. Cuando cumplió diecinueve años, salió con Víctor, un chico de la parte suiza-italiana. Era un joven simpático y con mucho sentido del humor. Le hablaba a Julieta en todos los idiomas y ella tenía que responderle en otro diferente. Julieta detestaba el estúpido juego. Le aburrían los europeos, y más su zonzo sentido del humor. Una semana después dejó de verlo. Extrañaba a Cristina. Ella sí supo disfrutar la vida en el internado. El dormitorio se convirtió en una pasarela de chicos de todos los colegios y universidades de Lausana. Algunas veces llegó a escuchar a Cristina tener relaciones hasta con dos en la misma cama. Julieta, sin embargo, había seguido el consejo de Vivian. Aunque el aprendizaje no era fácil para ella, se dedicó a estudiar. Durante los largos días de invierno se la pasaba encerrada en la biblioteca, dormitorio o cualquier clóset de limpieza que encontrara abierto. No sabía por qué le gustaban los lugares pequeños y oscuros. Algunas veces, durante las clases, se quedaba embelesada viendo la nada, hasta que escuchaba el profesor interrumpirla:

—¿Qué le pareció la cátedra, señorita De la Torre?

Julieta sentía vergüenza y salía corriendo del salón. No logró acostumbrarse a ninguno de los trabajos. Algunas veces platicaba continuamente con los estudiantes sin importar el idioma; otras veces, se quedaba encerrada en su propia burbuja, en el silencio, sin nada que decir. Así perdió el trabajo en la cafetería, en la tienda de abarrotes y hasta como vendedora de boletos en el teatro de la universidad.

El día que recibió el pasaje de avión de su padre, Julieta salió a comprar algunos regalos para llevarle a la familia. Compró un pijama de seda roja para Lumerso, una bata de casa para su padre y unos pendientes para su madre. También compró regalos para Jimena. Un día antes del vuelo, Julieta recibió la lista de calificaciones. Había reprobado todas las materias. El director de la facultad quería verla. A ella no le importó. Se fue.

La noche en víspera de Navidad, Julieta compartió la noticia con Lumerso, que no regresaba a Suiza y mucho menos a la universidad. Se quedó acostada en el sofá contemplando los escarpines que le acababa de regalar su hermano. Pensó lo mucho que adoraba a Lumerso y lo delicado que siempre fue. Cuando escuchó a su madre bajar a hacer el café en la mañana, recordó lo poco que tenían en común. Julieta la había amado siempre, pero su madre jamás intentó comprenderla. Eran tan iguales, pero tan diferentes. Julieta subió a la habitación sin decir nada. Durmió por más de doce horas. Al bajar al comedor, el día de Navidad, los encontró a todos sentados en las mismas posiciones de la noche anterior. Abrió el refrigerador y se sirvió un ponche que ella misma preparó. Partió dos rebanadas de pan, las rellenó con jamón, carne y queso; agregó mayonesa y mostaza. Comenzó a comer. Josefina juzgaba a su hija por la forma en que se alimentaba. Esta vez no dijo nada.

—Lumerso dice que tienes algo importante que platicar —dijo Ignacio con mucha curiosidad.

Julieta quiso descabezar a su hermano con la mirada. Después de terminarse el sándwich, habló:

—No pienso seguir estudiando, quiero liberarlos de esos gastos y esas responsabilidades.

La cara de Josefina pareció caerse sobre el plato que tenía al frente. Le quiso gritar que entre el sobrepeso que llevaba encima y su poca educación, se quedaría soltera por el resto de su vida. Ignacio, sin embargo, pudo contener la felicidad que sentía por dentro. Pensó en invertir en un departamento embargado que estaba vendiendo la gobernación en La Romita; ese sería mejor regalo para su hija. Dijo que, si era lo que ella quería, no tenía ningún desagrado al respecto. Además, si quería trabajar, algunos amigos en la administración pública podían ayudarla. Lumerso sintió orgullo de ser el único estudiante universitario de la familia. Tomó el celular que no había parado de vibrar. Salió. Josefina no dijo nada. El silencio con el que miraba a su hija era suficiente para saber lo que estaba pensando.

Lumerso ya no daba explicaciones de cuándo y a qué hora regresaba desde que él y Julieta dejaron de hablarse. Ninguno de los dos recordaba cuándo sucedió ese preciso momento.

La madrugada que Lumerso no quiso subir al departamento, Julieta se robó algunas pastillas que su hermano guardaba dentro del buró. No era la primera vez que lo hacía. Algunas las tomaba para quedarse dormida, otras las guardaba dentro de un frasco. Cuando Lumerso entró a la barra de la avenida de los Insurgentes, Julieta se había tomado un coctel de cien pastillas, sin saber para qué servía cada una de ellas.

Al salir de la barra, a Lumerso le hubiera gustado tener unos lentes de sol. Un deslumbrante cielo azul acobijaba la ciudad; ninguna nube parecía haber salido. Lumerso estaba impregnado de desagradables olores en su cuerpo. Caminó hasta llegar al parque de La Romita. Uno que otro vendedor comenzaba a abrir su puesto. Regresó a donde se sentó la noche anterior. Pensó en Julieta, en los errores que, al igual que él, ella también había cometido. Los dos perdieron todo: sus padres, sus carreras, sus sueños... y ahora estaban completamente solos. Sin parejas, sin hijos y sin nada. Representaban la terminación de una generación, el éxodo de una familia. Recordó lo que Edgar le dijo; ya no le quedaba nadie más, solamente ella. Se apresuró a llegar al departamento. Quería decirle lo mucho que la amaba, que fuera al médico, que él seguiría trabajando para que ella volviera a vivir. Podrían quitarle esa horrible depresión que no la dejaba subsistir. No tenía que vivir como su madre; encerrada en un vacío o en el ayer. Llegó hasta el cuarto piso. Vio la puerta del departamento entreabierta, quizás su hermana olvidó cerrarla. La puerta de la recámara de Julieta estaba, como siempre, cerrada con llave. Tocó varias veces, pero no obtuvo respuesta. No escuchaba sus ronquidos. Regresó a la entrada. Vio que las llaves estaban en el piso. Concluyó que Julieta llegó a casa, pero olvidó cerrar la puerta. Había hecho lo mismo en otras oportunidades. Siguió golpeando la puerta de su hermana, pero no obtuvo respuesta. Ninguna de las llaves abrió la puerta. Fue a la cocina y encontró la piedra del molcajete. Le dio con fuerza a la cerradura hasta romperla. Los ojos de Lumerso no podían creer lo que estaba viendo. El cuerpo de Julieta estaba tendido sin vida sobre la cama. Una vieja dormilona cubría parte de su cuerpo. La habitación apestaba a comida rancia, orines, heces. Lumerso gritó de nuevo como lo hizo con su madre. Abrazó a Julieta, le pidió perdón por no haberla ayudado antes. Pensó en tomarse el resto de las pastillas que Julieta tenía en las manos. Las aventó contra la ventana. Lloró hasta que la vecina del frente apareció con el esposo. Ambos vieron la escena de la piedad invertida: Lumerso abrazaba a Julieta en la cama. La mujer se quedó viendo la mano ensangrentada de Lumerso. Corrió a llamar al número de Emergencia. La ambulancia y la policía demoraron una hora en llegar. Julieta había muerto ocho horas antes de que llegara Lumerso.

Capítulo XXIII

La Romita, 2019

Las cenizas de Julieta fueron esparcidas en Playa del Carmen. Tantas veces repitió el dichoso viaje a Cancún que Lumerso creyó recordar el vuelo, el mar, los caracoles y las estrellas de las que ella siempre hablaba. Jimena ayudó a Lumerso a desalojar el departamento de La Romita. Ya no existía nada que lo amarrara al recinto. Luego de terminar con el clóset, dos armarios de ropa, estantes de zapatos, Jimena desvistió la cama. Las sábanas no se cambiaban por más de dos meses. Un agrio olor emanaba del colchón. Debajo de la almohada, Julieta colocó una nota que los forenses no vieron. Jimena no le dio importancia. La metió en uno de los bolsillos del delantal. Siguió llenando cajas sin ningún orden. A ella tampoco le interesaba cargar con todo eso a la Buenos Aires. La familia De la Torre se acercaba a su final; sin embargo, ella y su familia seguían vivos. Ese tipo de tragedias nada más le pasaban a la gente rica, le repetía su hijo.

Al terminar de empacar los utensilios de la cocina, Lumerso aún no sabía qué hacer con el cuerpo de Julieta que se encontraba en la morgue. Llenó su mochila con un par de calzones, mezclillas y dos playeras. Le comentó a Jimena, que los de la Casa Benéfica Niños de Dios llegarían dentro de la media hora. El haber perdido a toda la familia era lo peor que le hubiera ocurrido; el único hermano de su madre se mudó con unos gringos a San Miguel de Allende y había perdido contacto con él. Se sentía solo, desesperanzado, sin familia. La idea era comenzar una nueva vida lejos de cualquier recuerdo. Pensó en tener un nuevo perro. No le importaba su enfermedad. Continuaría con el tratamiento emprendido en el Seguro Social. Tampoco tenía ya que preocuparse por su madre ni por Julieta. Asimismo, la muerte de su hermana le enseñó que las cosas se arreglan en este mundo y no en lugares que desconocemos. Le dio un par de billetes a Jimena. Ella colocó la mano en el bolsillo del delantal. Le entregó la nota.

—La encontré debajo de una de las almohadas de Julieta —comentó Jimena sin mostrar algún sentimiento.

Lumerso la guardó. Tampoco le dio importancia. El papel tenía tres líneas escritas. Las investigaciones libraron a Lumerso u otra persona de cualquier tipo de homicidio. Julieta De la Torre simplemente sufría de depresión crónica y decidió terminar con su vida. Nadie era culpable. Aunque se había extendido una investigación por uso de narcóticos; en México, eso no llegaría nunca a nada.

Antes de partir, Lumerso abrazó a Jimena como jamás lo hizo. Quiso decirle que siempre la quiso, que recordaba cada detalle que ella tuvo con él; sobre todo, que le hubiera regresado su diario. No obstante, ninguno de los dos dijo nada. Lumerso caminó por el oscuro pasillo sin mirar atrás.

Luego de caminar parte de la Roma, llegó a un café en la esquina del Parque España y avenida Sonora. Lumerso sintió que el mundo le volvía a sonreír. Un fuerte viento balanceaba los árboles. Transeúntes caminaban con sus perros; mientras otros corrían alrededor del parque. Tenía la boca seca. Escupió. Miró al suelo y, para su sorpresa, encontró una caja de preservativos. Sonrió. *¿Quizás es una señal de un ser Divino?*, se preguntó con su poco sentido del humor. Recogió la caja asegurándose que estuviera sin usar. La guardó dentro de la chamarra. No sabía qué hacer o adónde ir. Hacía un tiempo que dejó de utilizar la aplicación para descansar de los masajes. La idea de tener que explicarle a un nuevo cliente la diferencia entre un masaje erótico o uno relajante le alteraba el sistema nervioso. Necesitaba recargarse, salir a algún lugar y olvidarse de una vez por todas de su propia existencia. Quería pensar en otra cosa que no fuera sexo o las horribles tragedias de su madre y Julieta. El departamento tenía que venderlo. Julieta no escribió ningún testamento; sin embargo, le daba igual lo que fuera a pasar. No le importaba si el mismo Gobierno era el nuevo dueño. El piso de La Romita se había convertido en un lugar triste y saturado de malos recuerdos. Lumerso continuó caminando hasta llegar al Parque México. Una fila de perros descansaba junto a sus cuidadores. Pensó que un pastor alemán podría ser el nuevo Oliver. Una fuente abandonada recibía el sol de las tres de la tarde. Un par de aves hundían sus cabezas en un charco de agua. Observó a un hombre mayor sentado en una de las bancas. Ocho perros lo resguardaban. Lumerso miró la cara sin ninguna discreción. Una que otra arruga llenaban el acabado rostro. Era Santiago, el padre de Edgar. Se sentó a su lado. Era lo más cercano que podía estar de su gran amor. Esperó un instante. No quiso hablarle. Tenía la misma nariz, cejas y ojos de Edgar. Una barba blanca le cubría parte del rostro. Santiago les habló a los perros, que ya era hora de marcharse. Lumerso lo interrumpió. Aunque habían platicado poco en el pasado, Santiago lo reconoció de inmediato. Uno de los perros ladró. Lumerso le acarició la cabeza. El cachorro quiso jugar, pero Santiago con una voz serena lo calmó.

—¿Qué es de tu vida, muchacho? —preguntó Santiago aún sorprendido.

Lumerso contuvo su llanto. Tenía sentimientos confusos. Pensó en decirle que su hermana había muerto, que su vida era un desastre, pero mejor decidió callar. Quiso abrazarlo como lo acababa de hacer con Jimena. Era una de las personas que conoció durante su niñez. Preguntó lo primero que se le vino a la mente:

—¿Cómo está Edgar? ¿A dónde se ha ido?

Lumerso intentó llamarlo por teléfono, pero sin ninguna suerte. Lo buscó en las redes, pero parecía haberse mudado a Marte o a Mercurio. Santiago contempló la cara de desesperación de Lumerso. Sabía de antemano que Magdalena envió a Edgar fuera del país debido al amorío que tuvieron de adolescentes. Aunque Edgar nunca le comentó nada, Santiago intuyó por años lo mucho que extrañaba a su mejor amigo.

Cada ocasión que se veían en Washington, D.C. era lo primero que preguntaba. Santiago no sabía qué decirle, sino que ya la vida no era como antes. El estilo gay era algo que Santiago no tenía claro, aunque sí conocía el significado del amor. Sin pausar, dijo calmadamente lo que había repetido en los últimos seis meses:

—Edgar murió en Washington.

Las palabras del hombre no concordaban con lo que Lumerso creía entender. ¿Cómo era posible que hubiera muerto antes que él? La vida era injusta en quitarle a las personas que había amado o las que estuvieran conectadas a él. La vida no tenía sentido. No existía Dios, no existía nadie que pudiera controlar el odio que sentía en ese momento. Colocó su mano en el hombro de Santiago; él lo abrazó y comentó que caminando se estiraban los pensamientos y que además le podía ayudar con cuatro de los perros. Lumerso agarró los más chicos. La mochila le pesaba, toda su vida en una bolsa. Al caminar por el Parque México, Lumerso, recordó cada segundo que él y Edgar jugaron juntos en el parque, los paseos matutinos con la abuela Victoria y las incómodas pláticas con su padre mientras paseaban a Oliver. Cuando ya estaban a punto de llegar a casa, Lumerso dijo que no quería entrar, que necesitaba asimilar todo lo que estaba ocurriendo. Santiago le insistió que pasara, que la mejor medicina era hablar y con quién más lo podía hacer, sino con él.

Al abrir la puerta, Lumerso sintió la presencia de Edgar. Recordó la mesa del comedor donde se sentaban a hacer tareas y la cocina donde comieron cada merienda. Se acercó al televisor, lo habían cambiado por uno de LED. Cuando Santiago regresó de llevar a los perros al patio, le preguntó a Lumerso que si quería algo más fuerte que un café. Una botella de tequila que le obsequiaron a Edgar en una fiesta de Navidad aún seguía en la caja. Lumerso la abrió. Se sirvió más de lo normal. Santiago platicó que Edgar se casó con John en Washington, D.C. y que luego tuvieron una vida muy reservada. Casi nunca visitaban la Ciudad de México. Comenzó a bajar de peso. Perdió los músculos. Todo el mundo le preguntaba que si estaba bien y él contestaba repetidamente lo mismo: que era una infección por unas frutas que se comió en Chiapas. Santiago sabía lo que tenía. Un día fue a su cuarto y lo encontró acostado en sus propias heces, le dijo que era preferible que fuera a un hospital o que se internara en una de esas clínicas especializadas que hay ahora por todos lados. Al día siguiente, tomó el primer vuelo y se regresó a Washington, D.C. Lumerso imaginó la vida que lo esperaba. La idea de encontrarse solo era lo peor que le podía ocurrir. Ahora no contaba ni siquiera con Jimena que lo cuidase. Siguió escuchando a Santiago hasta que le dijo que tres días más tarde recibió una llamada de John avisándole que Edgar había fallecido esa mañana. Además, no quería que su cuerpo regresara a México. La noticia fue devastadora. El cuerpo de Edgar lo llevaron a las montañas de los Póconos, en el estado de Pensilvania, donde él y John tenían una cabaña.

La botella de tequila iba ya por menos de la mitad. Lumerso llenó los dos últimos vasos, pero no sin antes brindar una vez más por Edgar. Santiago dijo que podía quedarse a pasar la noche, si así lo deseaba.

El cuarto de Edgar no había cambiado desde la última vez que Lumerso estuvo ahí. Dos pósteres del Hombre Araña cubrían la pared encima del escritorio.

Unas cortinas con estampado de veleros colgaban ligeramente en la ventana. La lámpara de payaso parecía haber dejado de sonreír. Lumerso se acostó. Las copas no lo dejaban dormir. Quería encontrar algo que tuviese la esencia de Edgar; pero por más que buscó, no llegó a encontrar nada. Era como si él mismo se hubiera encargado de desaparecerlas.

Cuando Lumerso despertó, eran pasadas las cinco de la mañana. Estaba sediento. La mochila la dejó a un lado del televisor. Santiago salió muy temprano con los perros. Lumerso tomó un poco de agua y se fue por la puerta de la cocina. No quiso encontrarse con lo único bueno que quedaba de Edgar: su padre.

La mañana estaba fresca. Un frío mañanero batallaba con un sol a punto de salir. Llegó a un café, pero el vendedor le comentó que no tendrían servicio hasta dentro de media hora. Se sentó en la banqueta a esperar. Reconoció haber estado en ese lugar. Abrió la aplicación para ofrecer masajes. Tomó la caja de preservativos y la regresó a la calle. Pensó que era mejor que la recogiera otro pendejo porque él ya no los necesitaba. Le entraron varios textos requiriendo servicios. Cuando fue a pagar por el café y las dos donas cayó al suelo el papel que le entregó Jimena.

"Lo siento mucho, Lumerso.
Me gustaría que rociaran mis cenizas
en el mar de Playa del Carmen.
Julieta".

Era la nota que había dejado Julieta. Ya no tenía que preocuparse acerca de qué hacer con las cenizas. Llamaría a una funeraria para cremar el cuerpo. Por lo menos tendría un proyecto diferente que hacer el fin de semana. Quizás se quedaría en Cancún a vivir y olvidaría por completo a la Ciudad de México. Abrió una aplicación de vuelos para reservar un boleto.

Capítulo XXIV

Playa del Carmen, 2019

Luego de una discusión con el taxista, Lumerso llegó a Playa del Carmen. Haber pagado mil ochocientos pesos por el viaje desde el aeropuerto indignaba a cualquiera, era casi la misma cantidad que el boleto de avión. El lugar no le impactó como le hubiera gustado. Le parecía haber llegado a otro país. Nada era remotamente mexicano: restaurantes europeos al aire libre, música en inglés a alto volumen, cuerpos anglosajones modelando nuevos bronceados. Era otro Miami Beach. Lo único que escaseaba eran los mariachis cantando en inglés. No entendía por qué Julieta había dejado esa nota. El mar seguía siendo hermoso, pero el resto nada que ver con la Playa del Carmen que ella recordara.

Lumerso se hospedó en una pensión con unos italianos frente al mar. Ellos se levantaban a gritar como guacamayas mucho antes de que saliera el sol. Al día siguiente de haber llegado, Lumerso se acercó al mar con la urna de metal que contenía lo que había quedado de Julieta. Se fumó dos porros de marihuana que le vendieron los italianos. Ahora todo le causaba risa. Nunca se fumó algo que le causara reír a carcajadas. Comprendió el por qué los italianos eran tan escandalosos por las mañanas. Caminó por la orilla de la playa hasta encontrarse con un alemán tomando sol con el trasero al aire. Lumerso se removió la playera. El sol comenzaba a calentar. El alemán lo miró como la carnada que estaba esperando. Lumerso continuó riéndose sin sentido alguno. Le presentó a su hermana: «Julieta De la Torre, muerta el 17 de diciembre del 2019; su último deseo era que sus cenizas fueran esparcidas en estas playas». El hombre no logró articular nada. Se alejó de Lumerso lo más pronto que pudo. El sol le ardía en la espalda. Los pescadores comenzaban a regresar. Lumerso intentó hablarle a Julieta. Le dijo que fue una pendeja por quitarse la vida. Además, ¿cómo se le ocurrió dejarlo en el mundo sin nadie? La presencia de ella por lo menos lo ayudaba a continuar vivo. Ahora, ¿qué iba hacer? ¿Encerrarse en un cuarto como ella?, ¿apartarse completamente del mundo? Se acercó al mar hasta que el agua comenzó a llegarle a las caderas. Una ola le mojó el resto del cuerpo. Sumergió la urna hasta que las cenizas de Julieta se mezclaron con el océano. Colocó la cara encima de las cenizas que comenzaban a flotar. Con el rostro dentro del agua dijo entre burbujas: «Adiós, mi adorada Julieta». Otra ola se llevó los restos de su hermana.

Cuando estaba en el avión de regreso a la Ciudad de México, Lumerso observó lo calmada que lucía la gran metrópoli. Pareciera que los chilangos estuvieran todos dormidos. Una fila de autos con focos rojos formaba una peregrinación. El haber estado seis días cerca del mar le había confundido más las emociones. Allá abajo lo esperaba un mundo que ya no entendía. Ubicó el antiguo hotel de la Ciudad de México; allá, muy cerca, el Parque Chapultepec, luego España y por último el Parque México. El lugar que lo vio nacer, el lugar que lo vio crecer. Sin embargo, el mundo era otro; él ya era otro. Las cenizas de Julieta lo hicieron reflexionar acerca de su vida. No existía nadie que fuera a hacer lo mismo por él. No tenía sentido vivir allá en Cancún, en la Ciudad de México o en algún otro lugar. Cualquier parte le daba igual. Al llegar al aeropuerto, una fila de pasajeros lo hizo esperar por un taxi. No sabía qué dirección darle al taxista. La Romita o la Condesa ya no eran sus hogares. Finalmente, se le ocurrió decir: La Casona en la Colonia Escandón.

Capítulo final

Tiempo actual

Lumerso sube la mochila a su espalda y saca el celular para hablarle a Genaro. Le dice que tiene pensado ir a La Casona, que si dispone de algunos clientes que lo puedan acompañar. Genaro responde que le interesa; pero... mejor en otra oportunidad, ya que hoy no tiene dinero.

—El dinero no importa, lo que importa es el placer —prosigue Lumerso en un tono ambiguo.

La noticia le gusta a Genaro, acepta encontrarlo con unos amigos en un par de horas. Luego de esperarlo frente a La Casona, Lumerso los ve llegar en un Uber. Genaro y tres hombres más. El chaparro de la otra vez, un moreno alto y otro gordo con barriga de chelas. Los hombres entran, les sigue Genaro y por último Lumerso. Una figura irreconocible se refleja ante el espejo de la entrada. Lumerso no se reconoce. Los últimos meses lo han transformado. Parecen haber sido fusionados todos los sentimientos en uno. La entrada de La Casona está atiborrada de hombres. Unos esperan en las escaleras y otros frente a la puerta. El recepcionista no se da abasto. Algunos esperan por *lockers*, otros se pasean impacientemente por los pasillos. Parecen hienas encerradas queriendo salir de sus jaulas, queriendo devorarse la primera presa que encuentren. Dos hombres se comen a besos en una esquina. Lumerso camina frente a la fila como le ordena Genaro; para su sorpresa, ve a Erick. Lo encuentra pálido, cansado, pero aún mantiene la mirada angelical de siempre. Está platicando con un hombre grueso y otro de la tercera edad. Lumerso cree recordarlos de la primera vez que estuvo ahí. Uno de los hombres de Genaro le ordena a Lumerso que se quite la playera. Le baja el cierre del pantalón. Lumerso le susurra algo a Erick, pero él no alcanza a escucharlo. Lumerso entra al baño, bebe agua del grifo, se desnuda, mete la ropa dentro de la mochila y la arroja a la basura. Tiene la cartera en la mano con dos billetes de doscientos y la credencial de elector. Avienta todo detrás del inodoro. Sale del baño encuerado: sin zapatos, calcetas o ropa interior. Un bronceado le acentúa más su cuerpo delgado. El miembro de Lumerso se balancea sin ninguna erección. Los hombres lo miran con lujuria. Algunos lo tocan, lo rozan. El grupo de Genaro camina en fila india hasta llegar al sótano. Una cortina de alambres separa el cuartucho de las escaleras. El lugar está oscuro. Genaro le entrega a Lumerso un billete de doscientos pesos. En la oscuridad Lumerso lo tira al piso. Comienzan a amarrarlo. Lo cuelgan bocabajo. Lumerso cierra los ojos. El gordo alto le lame la espalda como jirafa. Lumerso no siente placer. Genaro le coloca tres pastillas en la boca. Luego se las empuja con los dedos. Lumerso sigue sin reaccionar. El otro le lame el recto. Erick baja al sótano, observa a su amigo a través de las cadenas de acero de la cortina. Una mirada de tristeza se enlaza entre los dos. Ninguno quiere estar ahí. Lumerso vuelve articular lo mismo a Erick, pero aquel tampoco logra escucharlo. Erick corre de regreso a las escaleras y sale de La Casona. El gordo comienza a penetrar a Lumerso. El otro le da su verga para que la chupe. Lumerso no chupa, la quiere tragar. Quiere ahogarse. Morir. El hombre siente placer. Uno nuevo entra, ve lo que ocurre. Es el del bigote con el látigo de cuero. Genaro lo autoriza con la mirada. Comienza a darle latigazos a Lumerso. Ahora se sube encima de él hasta encontrarle el recto. Lo penetra junto con Genaro. Lumerso siente como si una sierra lo estuviera partiendo en pedazos. El pene de Lumerso comienza a tener una erección. No es placer lo que siente. Es dolor. Es la reacción a las pastillas que Genaro le empujó. Le duele su miembro. Le duele todo. Piensa en su madre, a quien no había recordado por tanto tiempo. Recuerda las veces que entraba a su recámara, lo besaba y él pretendía dormir. A Jimena cuando le preparaba los desayunos antes de irse a la escuela. Oliver esperándolo para que le diera un poco más de la tocineta. Quisiera ver a su padre para pedirle perdón: *Perdón por haberte defraudado, perdóname por haber nacido gay. Perdóname…* Las lágrimas de Lumerso le cubren el rostro. Una mordida en un pezón lo regresa al momento. El hombre de cuero le muerde las tetillas hasta que una comienza a sangrar. Otros escuchan lo que pasa con el hombre que cuelga y corren al sótano. Genaro, en el medio de tanto placer, se viene una y luego otra vez. Disfruta el saber lo barato que le salieron estos orgasmos. Lumerso siente palpitaciones en el corazón. La cabeza parece girarle. Una fila de hombres se alterna para penetrarlo. Una fuerte presión en el pecho continúa sin dejarlo respirar. Necesita aire. Alguien le da a oler *poppers*. Lumerso no para de olerlos. Lo penetran todos los de la fila; una línea de esperma corre por las paredes del ano de Lumerso y toca el suelo. Lumerso siente una luz sobre su cuerpo. La cabeza cae. Su cuerpo no reacciona. Otro hombre quiere colocarle el pene en la boca. Lumerso ya no responde, ya no traga, ya no chupa, ya no está ahí. Una luz está sobre él. Nadie la ve. Él tampoco la siente. El chaparro sigue lamiéndole el pene erecto. No sabe que Lumerso no está ahí. Lumerso De la Torre ha muerto.

Wilfredo encuentra el cuerpo colgado de una mano y las dos piernas. Manchas de sangre y heces cubren el piso. Cree recordar al muchacho de la otra vez. Al soltarlo, el cuerpo sin vida de Lumerso cae al suelo. Wilfredo no grita. Recoge el billete. El precio de la muerte. Es su día de suerte: encontró a un muerto acompañado de un billete verde. Tampoco sube las escaleras como lo hacía antes. Toma al celular y marca al dueño. Una desganada voz contesta el teléfono. A ninguno de los dos parece importarle lo que le pasó a Lumerso. Existen dos Lumersos, el que está en el piso tendido sin vida y el que está arrinconado en la otra esquina que nadie ve. Está despierto; puede ver, no puede salir; se ha quedado atrapado entre mundos. Lumerso se levanta. Ve su cuerpo aún con una erección. Wilfredo está parado sosteniendo la escoba. Las luces están encendidas esperando a los forenses. Wilfredo termina de barrer el sótano. No pasa el trapeador. Lumerso sigue a Wilfredo, se nota ligero. Ya no siente remordimientos, culpa, ni dolor. Pasa por la recepción y encuentra al mismo hombre que estaba la noche anterior. Llega a la puerta de entrada. Quiere salir, pero no puede, está atrapado. No existe forma de que pueda alejarse de La Casona. La abandona, pero parece no moverse del mismo lugar. ¿Quién es ahora Lumerso? Una entidad atrapada en una casa de citas. ¿Tendrá que vivir ahí eternamente? o ¿es solamente un instante? Sube las escaleras y encuentra a un hombre dormido en el descanso. Sigue caminando, pero nadie más está en la casa. Observa a los paramédicos llevarse su cuerpo con unas cínicas risas en sus caras. El lugar sigue abierto. Lumerso quiere subir a la terraza, pero la luz lo enceguece, no lo deja entrar. Se acurruca detrás del sillón. Dos hombres gimen a su lado. Gozan. Mientras que Lumerso comienza a entender que ha dejado de vivir.

Transcurren los años, hasta que La Casona es clausurada. Lumerso ve cómo demuelen las paredes de las dos casas. Un derrumbe de una pared, luego de otra, lo dejan apreciar una ardiente luz que antes lo agonizaba. Ya no quiere esconderse entre los baños, la cocina, el comedor o debajo de las escaleras del sótano. Ya no le teme a la luz. La terraza fue la primera en ser derrumbada. Unas máquinas suben las dos fachadas de las casas a un camión. Lumerso observa cómo las calles comienzan a reaparecer. Puestos de comidas ambulantes se amontonan en la avenida. El vendedor de tamales se anuncia con una leve campana, ya no grita: «Tamales oaxaqueños, tamales…». Transeúntes caminan sobre las banquetas. Un amplio cielo parece obsequiarle a Lumerso un radiante sol. Un cuarto de luna comienza a desaparecer al otro lado de la ciudad.

Así, Lumerso deja de recordar, deja de ser sí mismo, deja de ser Lumerso De la Torre para continuar en otro tiempo o espacio, fuera de él, de su mundo, de nosotros. Lumerso encuentra su libertad.

Los personajes de esta novela son ficticios y no guardan ningún parecido con personas vivas o muertas. La Casona y los lugares que frecuenta Lumerso no existen.